迷途诗册

席慕蓉诗集

席慕蓉 著

长江出版传媒 长江文艺出版社

诗的瞬间
——代序

（一）

2001.2.21　台北至淡水的途中

所有的诗人想要叙述的，都是自己的生命。有人终于找到出口，有人却误入歧途。

我发现，原来我爱的常是那些知道自己已经迷途的诗人。知道这是歧路，这一切并非原初的想望；可是，那样的徘徊复徘徊，以及不知所从，或许才是诗的真义吧。

诗，不是理直气壮的引导，更不是苦口婆心的教诲，诗，只是一个困惑的人，用一颗困惑的心在辨识着自己此刻的处境。

（二）

2002.6.27　从克什克腾到呼和浩特的火车上

诗是挽留，为那些没能挽留住的一切。

诗是表达，为当时无法也无能表达的混乱与热烈，还有初初萌发的不舍。

诗，是已经明白绝无可能之后的暗自设想：如果，如果曾经是可能……

诗，是一件从自己手中坠落的极珍爱的瓷器，酡红与青碧，是记忆里慢慢捡拾的碎片上浮出的颜色和心悸……

诗，终于只能是
生命在回首之时那静寂的弥补。

因此，诗人与读者的沟通绝不可能在群众旁观之下完成。真正的"素面相见"，只有在独自一人面对书中的一首诗的时候才可能发生。

（三）

2003. 9. 18　草原列车上

难以形容在牛河梁那天晚上来回两公里如水般的月光，在通往女神庙的山径上。

两公里的月光，可以是一首诗的标题吗？如果要写，以什么样的字句可以完整地显示出那澄澈清朗的月色以及那层层叠叠铺满了一地的清晰无比的树影?还有,还有那安静地伴随在我们身旁的五千五百年的时光?

人说时光如逝水,可是,在蒙古高原之上,在这苍茫万里的大地之间,我却发现,一切都没有离开,一切都从未消失。就如那夜在月光下行走的我们,对松林间的光影并不陌生,只觉得似曾相识,如遇故人。

我在当时轻声询问朱达先生,土地是不是真的具有灵气?他说:"有的。"平日沉默寡言的考古学者,心中想必另有一种丰美境界吧。

在母亲的土地上,我是备受宠爱的女儿,给了我教诲,也给了我,难以描摹的至美。

(四)

2005.3.15 野柳海边

昨天有新书发表会,在众人之前朗读一首旧作《借句》,读到那一行"要如何封存 那深藏在文字里的我年轻的灵魂"之时,忽然悲从中来,忍不住就落泪了。

难以解释的突发事件，找不出什么恰当的借口可以掩饰或者说明。

只能猜想，在诗里另有一个我，她的本质是现实世界里的我所难以了解和衡量的。仿佛她已隐忍很久了，所以才会突然出现，是生命内里的矛盾与混乱吗？还有不安与不甘……

在尘世间循规蹈矩地活着，参与着，似乎以为一切本该如此了。幸好，幸好还有诗，才能忽然在瞬间点醒了我。

（五）

2016.3.3 淡水家中

曾听一位讲者在台上说，要如何如何才能写出伟大的诗篇来，仿佛在传授秘笈般的慎重，我的心在当时就寂然退下。

人还坐在讲堂里，却已经听不见什么了。我知道自己生性愚昧，却不能不坚持，"伟大"这件事是不能事先预订的，而且与诗无关。

写诗是生命的要求，它要求的只是诗本身，并无任何其他的附加条件。

即使如杜甫也曾经说过"语不惊人死不休"那样的话，可是，我相信，在他每首诗当时的触动里，绝对不会有一个"伟大"的目标高悬在前，杜甫诗中的苦民所苦，是真正的疼痛啊！

（六）

2016. 8. 14　淡水家中

年少时在日记本里的涂鸦，源自流离与寂寞的处境，没想到，诗，从兹竟然安顿了我困窘的身心。那个年岁，诗，是在丛林里的冲撞，是终于完好地奔回洞穴之后静静流下的泪水。

中年的我，谨小慎微循规蹈矩。没想到，提起笔来，竟然如此执拗，从不肯对任何的干扰屈服，我行我素，一心想要寻回那些错过的溪涧与幽谷，那些依稀的芳馥……

如今，甚至也不接受我自己的劝告，明明知道去书写原乡那辽阔深远的时空沧桑非我力所能及,却不肯罢休。

诗,在此时,对我已非语言、意念和几行文字而已,它是生命本初最炽烈的渴望,如离弦之箭在狂风中,犹想射向穹苍。

(七)

2016. 11. 14 淡水书案窗前

感谢长江文艺出版社推出我的七本诗集平装新版,内含从 1959 年到 2011 年的诗作,社方征序于我,欣然摘取六则"诗的瞬间"献上。

很早很早的时候,我就喜欢读诗,写诗。到了高中,立志修习绘画,之后从师范大学的美术系毕业,再留欧专攻油画和铜版画,从布鲁塞尔皇家美术学院毕业之后,一面开画展,一面准备回台湾教书。然后,回到岛上,在大专院校的美术科系里担任教职,就这样认认真真地过了许多年。因此,诗好像就只是一种单纯的爱好而已,既没有明确的目标,也没有远大的志向,更没有机会去求得技法的精进;这么多年以来,只是顺从着心中的触动与渴望去写,诚恳而又安静地，一直写到今天。

今天，时光已老，我才在回首之时欣然领悟，生命中一直有诗相伴，是多么难得的幸福。

其实，叶嘉莹先生早就说了："读诗与写诗，是生命的本能。"感谢这美好的本能从来没有将我舍弃，总是不时现身提醒。

今天，愿以我敬爱的叶先生之嘉言，与每一位读者共勉。

初老

—— 自序

后山的林中，桐花终于落尽，相思树也从漫山遍野的金黄复归于灰绿，虽然，在山道两旁，白色和黄色落英铺成的地毯，颜色依旧澄明洁净；虽然，在林木深处，偶尔还会传来些微的相思树花开时的清爽香气，不过，一切毕竟都结束了，我的整个身体和心灵都能清楚地感觉到，那种只属于初春时分特有的难以描摹的蛊惑已经远去，曾经令人心魂难安的骚动终于平息。又一次，四月来过然后离开，此刻，月桃那丰腴柔白而又微带肉红色的花簇几乎占据了所有空旷的坡地，坦荡荡地盛开在五月中旬的阳光里，夏天，应该就近在咫尺了。

所以，就只能这样了吧？

就只能这样了吧？我轻声自问。又一次，在我的生命里，四月来过然后又离开了，除了再一次证明自己依然无法抗拒那种幽微的蛊惑之外，我还能怎么样呢？

从去年秋天开始，听从医生的嘱咐，每天早上都会沿着山路走上一个多钟头。从十月底到三月底，一切如常，我的同伴"小黑"——五岁大的高砂犬在山林中乱窜乱跑,追逐着永远追不到的松鼠和野鸟,我则是不思不想,只管在林木和草叶的光影变幻中从容漫步。

可是,到了四月,好像就不能这样了。

四月来临的时候,带来的好像不只是一种苏醒、一种召唤,更是一种逼迫。

在初春的山林间,弥漫着一种幽微的气息,唤醒我几乎以为已经遗忘了的所有的感觉,逼迫我去面对那无边无际却又无影无形、从来不曾完整现身却又实实在在是盘踞在我魂魄里的另外一个自己啊!

讯息原来是这样传递的。

"谁道闲情抛弃久,每到春来,惆怅还依旧……"

这是五代冯延巳的《鹊踏枝》中的首段。叶嘉莹教授在她的《名篇词例选说》(桂冠版)里,用曹丕的诗句"高山有崖,林木有枝,忧来无方,人莫之知"来加以诠释。

她说,这种莫知其所自来的无端的"闲情"正如同山之有崖、木之有枝一样,对有些诗人来说是与生俱来而无法摆脱的。

她又说,"惆怅"在此,是"内心恍如有所失落又恍如有所追寻的一种迷惘的情意",是"较之相思离别更为寂寞、更为无奈的一种情绪"。

讯息原来是这样传递的。

高山有崖，林木有枝，我们的生命里面还有更为固执的生命，我们的感觉背后还有更为强烈的感觉，是他们，是那从来不曾完整现身却又时时刻刻盘踞在我魂魄深处的渴望与憧憬，让我在初春的山林间，忧来无方，一时连自己也不能抑制和无从厘清啊！

整个四月，在开满了相思花树的疏林间，在桐花绽放又复落下的山道旁，我一次又一次地感受着那种"恍如有所失落又恍如有所追寻"的迷惘。整个大地的悸动，借着湿润饱满的土壤，借着万物勃发的生机，借着那细叶繁花每一分秒里的细微变化，一点一滴又无所不在地渗进了我初老的身心，那惆怅因而特别的鲜明。

然而，惆怅在此，却并不是因为失去了的什么，反倒是为了那重新获得的什么。

此刻的我，已经能够领会，"老去"这件事并不一定是要和忧愁或者悲伤相连的；如果可以在还算平安的岁月里缓缓地老去，其实也是一种难得的幸福。

真正刺痛我的，却是自身那些在变动的时光里依旧没有丝毫改变，并且和初春的山林中每一种生命都能欢然契合的所有的感觉。

是何等全然而又华美的苏醒！

在躯壳确实已经逐渐老去的此刻，为什么，在难以触及的心灵深处还有着"虽九死其犹未悔"的期待？好像只要一股从风中传来的隐约的花香，一声从天涯海角传来的微弱的呼唤，那从最内里的心怀肺腑一直到最表层的肌肤，还包括血液在血管中奔流的速度，一切的一切都会在瞬间欢然苏醒，不计前嫌，不念旧恶，重新开始再来奔赴一场慎重繁复的感觉的盛宴。

即使，即使明知最后依旧要复归于寂静。

原来，讯息是这样传递的。

惆怅由此生成，无关于渐入老境，华年不再，反倒是惊诧怜惜于这寄寓在魂魄深处从不气馁从不改变也从不曾弃我而去的渴望与憧憬。

时光飞驰，始终不曾好好把握、也不知道究竟要如何把握的四月，又一次，在我的生命里，来过然后又离开了，重新回到我的灯下，一切如常，新编诗集的初校稿正在桌上，那么，就只能这样了吧？

相对于那巨大、固执而又从来不肯完整现身的另外一个自己，一本诗集所能呈现的是多么微小、局部而又片面。

可是，除此之外，好像也没有更准确的记录方式了。

也许，就只能这样了吧。

二〇〇二年五月中旬写于淡水

目 录

辑一 四月栀子

诗成 / 004

梦中街巷 / 006

洪荒岁月 / 009

四月栀子 / 011

诗中诗 / 016

拂晓的林间 / 018

明信片 / 019

果核 / 021

落日 / 022

之后 / 025

多风的午后 / 027

神话 / 029

月光插图 / 031

迷途 / 033

辑二　色颜

色颜 / 038

早餐时刻 / 040

记忆广场 / 042

空间 / 043

光阴几行 / 044

静静的林间 / 048

回向的拥抱 / 049

女书两篇 / 052

等待 / 055

现象 / 057

诗的图圈 / 059

花开十行 / 060

我爱夏宇 / 061

舞者 / 064

荒漠之梦 / 066

辑三　猛犸象

鹿回头 / 072

候鸟／074

篝火之歌／076

旁听生／080

金色的马鞍／083

猛犸象／086

父亲的故乡／089

追寻梦土／091

野马之歌／094

除夕／095

契丹的玫瑰／098

梦中戈壁／100

结论／103

附录　三家评论及后记

悬崖菊的变与不变　白灵／110

不敢为梦终成梦　陈素琰／114

月光插图　鲍尔吉·原野／136

长路迢遥——后记／143

席慕蓉书目

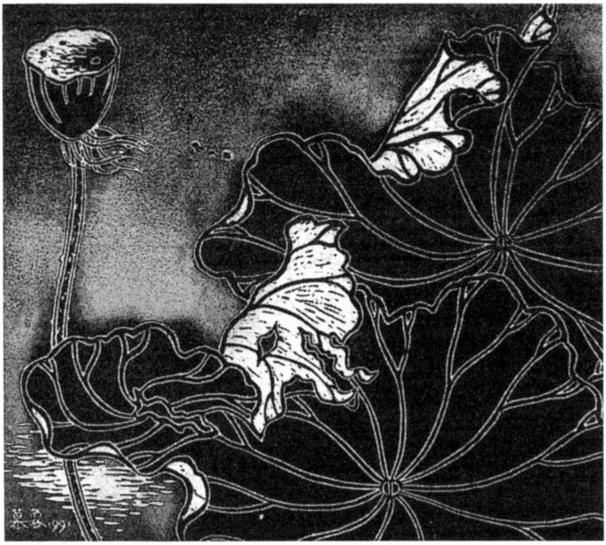

辑一

四月栀子

这诗中的诗啊　是否就是
对一切解释都保持沉默的
那最深最深的内里的我?

诗成

夏日的静美　颜色褪尽
只留下许多无从回答的疑问

风过之后
即使只是这瞬间的停顿和踟蹰
想必也包含了　许多
我自己也无法辨识的理由

是什么在慢慢浮现？
是什么在逐渐隐没？
是谁　在真正决定着取与舍？
是何等强烈的渴望终于有了轮廓？

我们的一生　究竟能完成些什么？

如炽热的火炭投身于寒夜之湖
这绝无胜算的争夺与对峙啊
窗外　时光正横扫一切万物寂灭
窗内的我　为什么还要写诗？

2000. 2. 23

梦中街巷

我的生命在梦里等待
一间全新的房子在一处熟悉的街巷
摆设着没有预料到的家具　还有
更多的空间　更多的了解
更多的爱

无视于时间的流逝
我的生命　从容地在梦中等待
是如此亲切安静的十字路口
穿过眼前暗黑而又巨大的车站之后
应该有座城市还一如以往
行人将从我窗下走过
街角每一棵花树都按着季节绽放
(时间应该还够　我来过的
我知道怎么走)

要在梦醒之后才知道又去了一次
那一直在梦里等待着我的城市
还有历历如绘的行程和人生
晚风微凉　带着分明的茉莉花香

在逐渐加深的夜色里
那梦中街巷
究竟是谁的邀请　谁的渴望
是谁
在心里为我暗暗留下的地方

2000.8.5

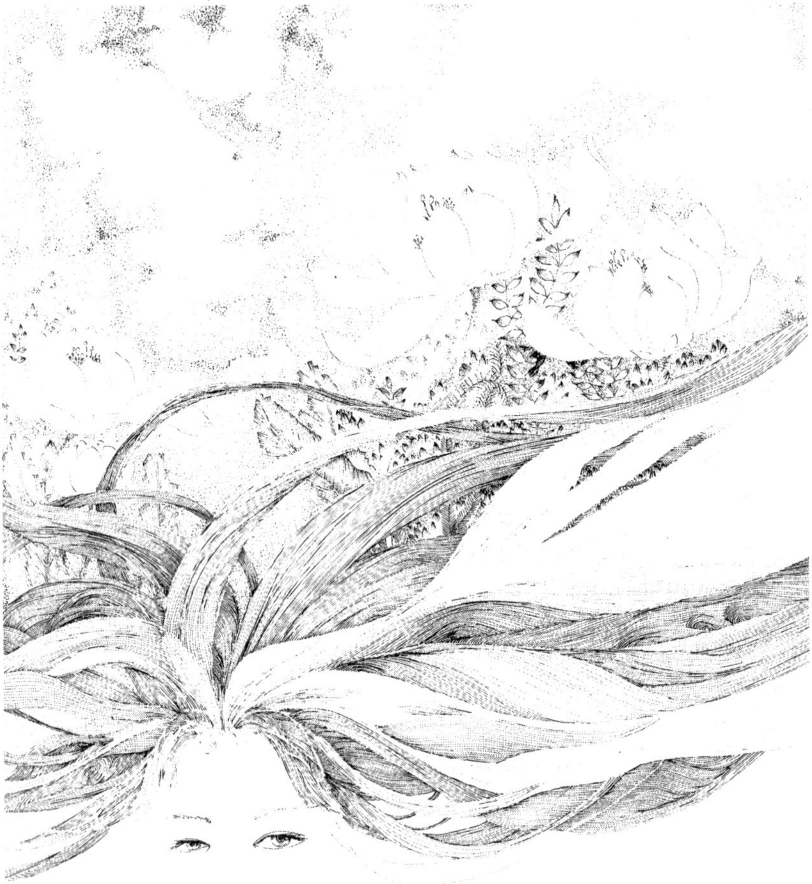

洪荒岁月

也许只有在诗中才能和自己狭路相逢。

无论怎样张灯结彩的庆贺

无论欢呼或者拥抱

无论怎样计年计日计时计分计秒

当一切的喧闹归于沉寂

在我们身边流动着的　其实

还是洪荒岁月

这无从索求解答的疑惑与孤独

即使熟读经书

努力去记住所有典故的来处

即使可以旅行

去到任何距离的星球　我们

依旧还是一个又一个

在黑暗的荒莽中穴居的人

无知无识　不知道该如何应对

这羞怯狂烈又充满了感觉的　肉身

1999.11.22　生日凌晨

四月栀子

然而我们的内在已经暴露

外表也无法再修复

颓倒　裂开

藤蔓与时间都无法掩埋

昨日已成巨大的废墟

并且为此而迟迟不肯离去

我其实有所提防

当我在四月的夜里　重临旧地

这空间已如旷野　氛围却何等熟悉

有些什么从我身后蹑足而过

有些旧日的场景和曲目　似乎

还飘浮在恍惚的角落

回音比我们当年的话语缓慢

颜色比我们当年的衣衫浅淡

只有月光依旧　还留在斑驳的墙上

我其实有所提防　然而
这袭人的香气
一如突来的巨浪
在痛击了赤身露体的巉岩之后
又以无限的温柔来淹没和包裹
往事历历在目啊　包括
所有的光影与细节　悲伤和喜悦

墙外　一树雪白的栀子正在盛开

这芳馥浓烈　比我的梦境还要疯狂
比我的记忆还要千百倍固执的花香啊
此刻　想要传递给我的
究竟是生命中何种神秘的讯息
当我　当我在四月的夜里
重临旧地

2000.12.22

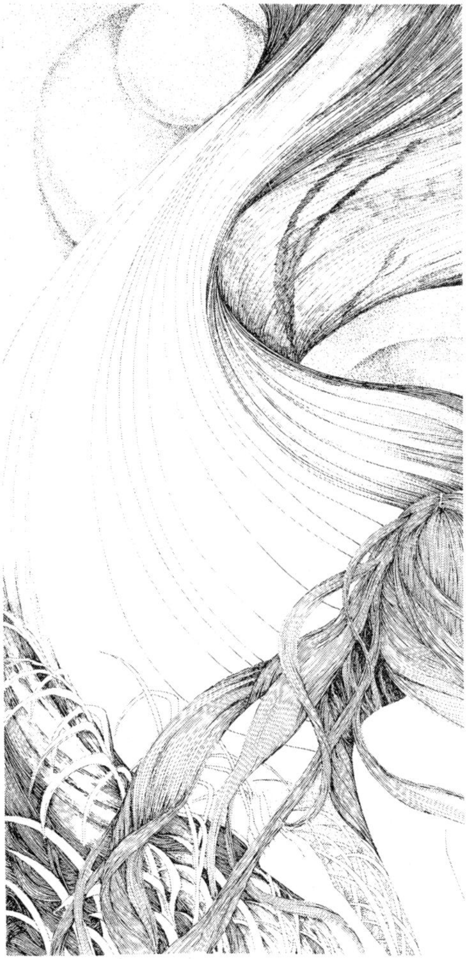

是什么在慢慢浮现?

是什么在逐渐隐没?

是谁 在真正决定着取舍?

是何等强烈的渴望终于有了轮廓?

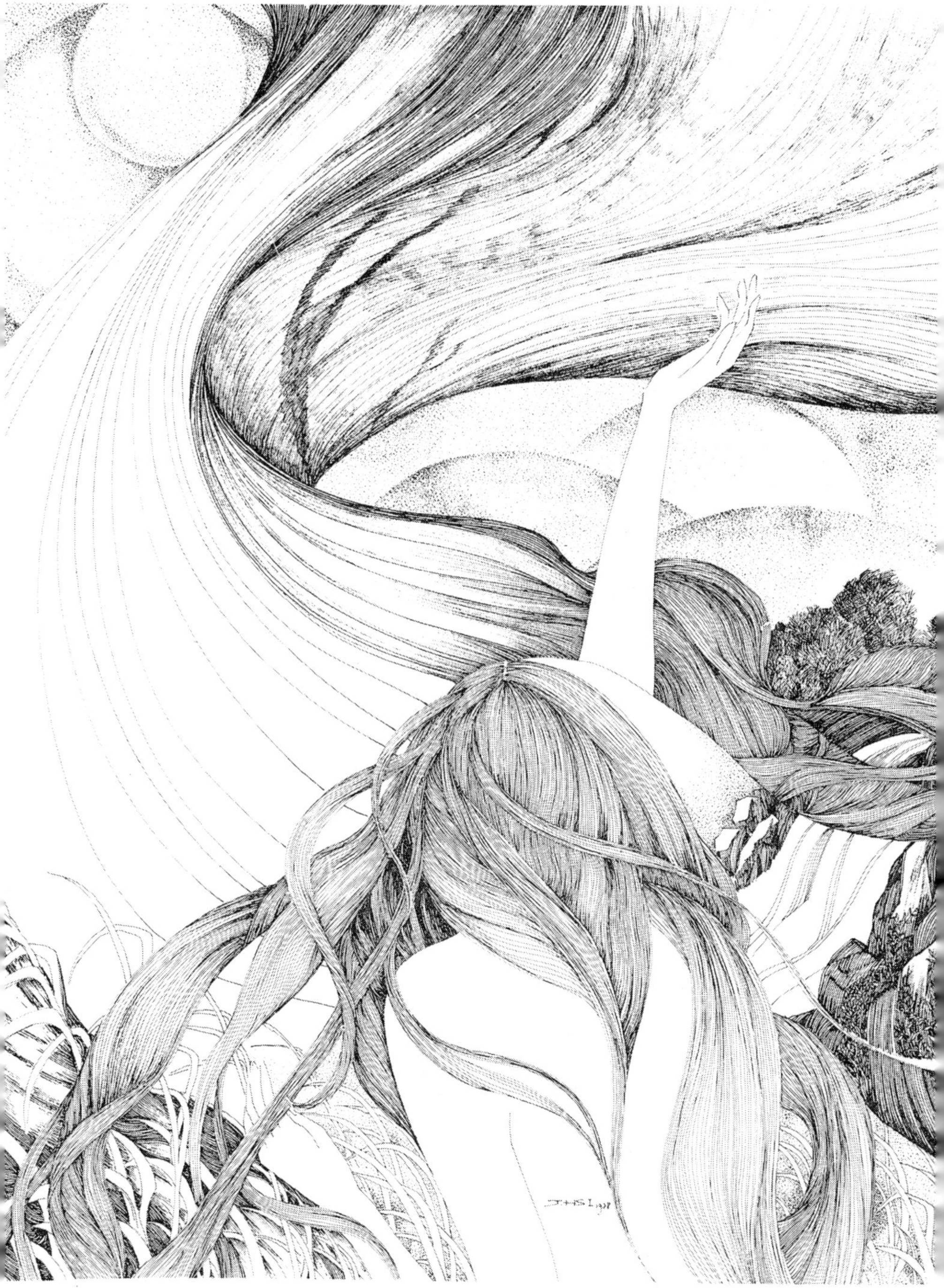

诗中诗

寂静的中夜　骤雨初停
一朵白荷犹缀满水珠
伫立在密生的莲叶之后
饱满的花蕾因自身的重负而
微微垂首　等待
那即将要来临的黎明和绽放

何等饱满的孤独　却无涉寂寞
这花瓣层层紧裹着的莲房
这重重莲房深藏着的莲子　这每一颗
莲子心中逐渐成形的梦与骚动
是一种难以言说的憧憬
一种非如此不可的完成和再完成

仿佛是现身向我说法

让我在南国的夏夜里潸然泪下
这诗中的诗啊　是否就是
对一切解释都保持沉默的
那最深最深的内里的我？

2001.9.6

拂晓的林间

其实　我爱
一切都只是"经过"而已
舍此之外　也别无他途

譬如此刻在这拂晓的林间
从桦到樟到松　再美的树木
也只能不断不断地穿行

这就是我所能拥有的全部了

一条雾浓霜滑的山径
一颗在多年前曾经
为你而那样跃动过的　心

2000.5.22

明信片

●

我的记忆　如花间
最幽微的芳香
在若无其事的
诗句中　缓缓绽放

●

昨日　似远实近
如落叶凋零尽在我心

●

暗暗羡慕那四月的苹果花开
可以将一切说得那么明白

●

我的青春　曾经

是一张明信片　投递进

你的从未曝光的深心

2001. 12. 11

果核

"往昔是多么美好啊!"
我们总是这样嗟叹着　回顾的时候
那记忆一如夏日甜香多汁的果实

然而真的是这样吗　我爱

我们难道已经忘了
那些深藏在年轻灵魂里的
焦虑和苦涩　那些
曾经挫伤了我们无数的日与夜
时时横梗在心的每一颗
坚硬的　果核

2001.5.22

落日

我见到你从夕阳的光照中疾驰而来
每一缕灰发每一丝纹路都因为速度在风中张开
仿佛失群漂泊的雄狮　满布伤痕

（若不是那目光如昨
我几乎无法辨认）

我见到你从夕阳的光照中疾驰而来
无视于人群的拥挤喧嚷这世界于你已成荒莽
黑夜即将来临
而那仓皇向前怎样也不肯停留的欲望啊
到底要置你于何处　何种
我永远无法想象的归宿

我见到你从夕阳的光照中疾驰而来

才发现往昔已经离此有多么遥远
啊！这是何等疼痛的凌迟
在落日的街边一寸一寸黯淡了下来的故事
想你在顷刻之后辨识出伫立在路旁的妇人时
心中的惊疑亦将如是

(唯有那目光如昨
曾经从我无数的梦中掠过)

…………………………
…………………………

1988.7.13

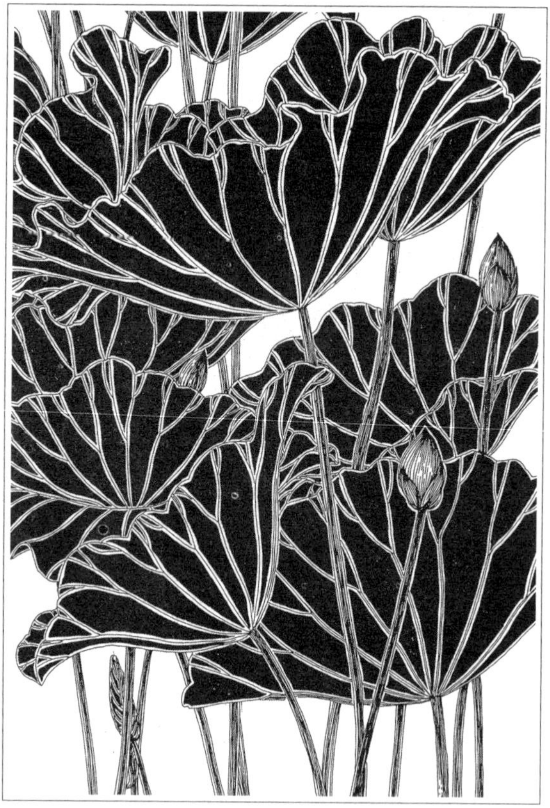

之后

春日　是幽微细小的心事
很容易遗失

在清晓的微风中展卷
回看那曾经澄明如水的画面
我们其实是知足的

那仔细收藏好了的光影与凝视
足够　我们用一生的时间来
织成锦绣

2001.7.8

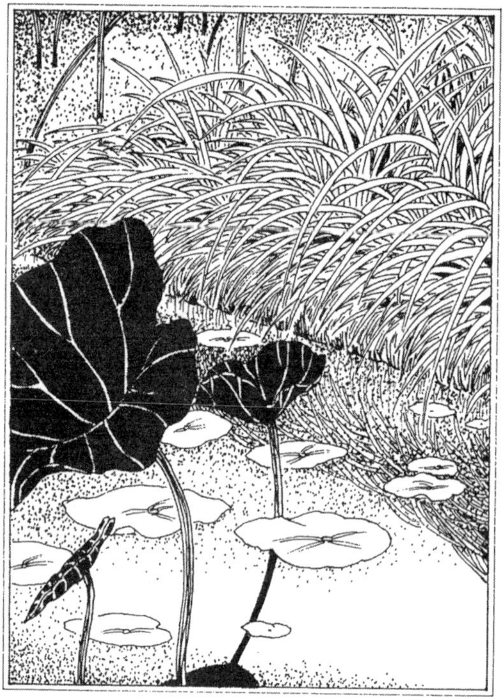

多风的午后

日落之前　缓缓穿越过时间的草原
终于明白　该如何去细读你的诗篇

所有的意向和修辞　原来都是
为了印证那悲喜交集的一日
错落的章节里　其实只有一种愿望
锋锐迫切　反复重叠
驱使那累积了一生的渴求不再匿藏

当野风横扫而过　芒草在起伏间
揭露了土地赤褐的脉络

在多风的午后
当你在远方呼唤着别人的时候
我知道

其实有一部分也是在　呼唤着我

1987.12.18

神话

多年之后　在深夜
在遥远的他方　还能
翻读着彼此的诗句而入睡

这一生　请问
我们还有什么期许和祈求
能以如此美好的方式应验

2001.12.11

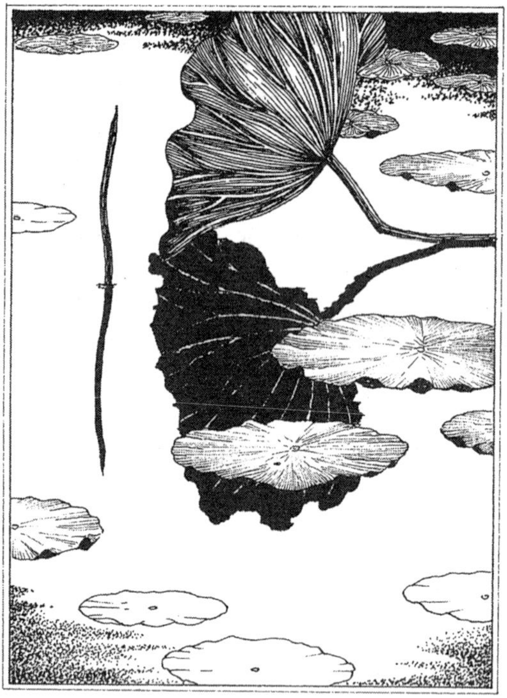

月光插图

我们其实不曾错过什么。你说。

包括爱与背叛，包括那谨守的秩序和始终无法摆脱的混乱。

我们真的不曾错过什么。你说。

看哪！时间走过的足迹清晰无比。

切割成为峡谷，冲击成为平原，粉碎，则成为晶莹的砂粒。

这样几乎就是一生了，你说。

包括伤痕。

可是，我却是不甘心的。在月光下，多希望能够练就一种明快而又缠绵的刀法，好能在岩岸上雕镂出深深浅浅的纹路，为我们那坚持而又无望的等待，蚀刻成一幅又一幅光影分明的记忆插图。

2002.2.22

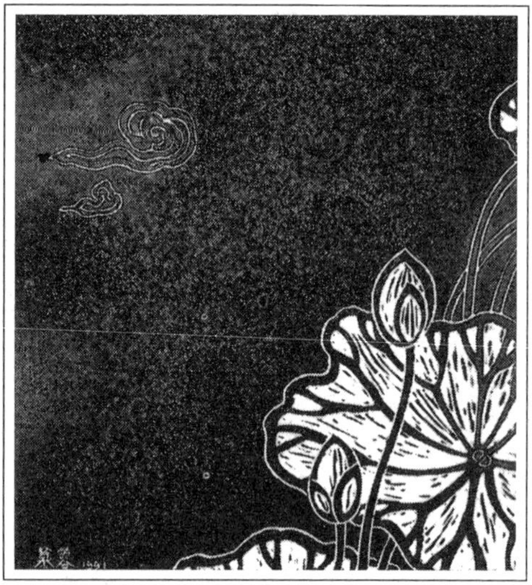

迷途

谁又比谁更强悍与坚持呢

去极地寻索冰河的绿
来旷野见证夜幕的蓝
在边缘和歧路上辗转跋涉
还时时惊诧倾倒于
这世间所有难以描摹的颜色

是何等甘美又迟疑的刺痛　这心中
不断去去又复重返的轻微的悸动
是昨日在晨雾里漾开的暗丁香紫
以及此刻　在薄暮的旅程上
不断闪烁着的茶金秋褐与　锈红

谁又比谁更强悍与坚持呢

是那些一心要赶路的人
还是　百般蹉跎的我们

是光影在躯壳内外的流转和停滞
是许多徒然和惘然的旧事
是每一步的踟蹰每一念的失误
是在每一个岔口前的稽延和反复
是在每一分秒里累积的微小细节啊
让生命有了如此巨大的差别

可是　谁又比谁更强悍与坚持呢
是那些一心要到达要完成的人
还是　终于迷失了路途的我们

2002. 5. 4

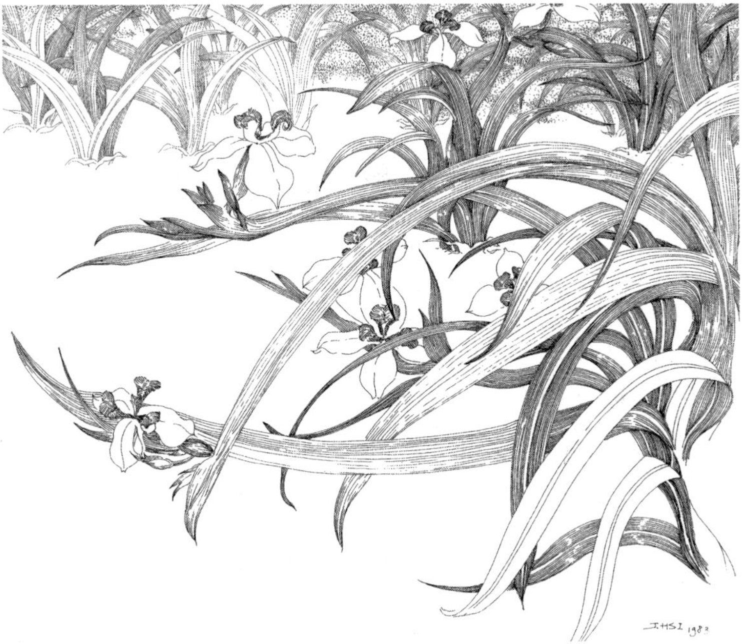

辑二 颜色

然而是何等的幸福　如果可以
在早餐的桌上遇见一首好诗

色颜

薰衣草紫与紫丁香蓝之间
其实只多了一层薄薄的雾气
威尼斯赭红与圣袍褐之间
少的却是那漂洗过后的沧桑

罂粟红　唇色近乎正朱
歌剧院红的胭脂偏粉
而我独爱那极暗的酒红
是一种不逾矩的挑逗和渴望

当然　还有阿拉伯蓝
那是比天蓝法国蓝还多了几分
向晚的华丽和忧伤

让我想起花剌子模悲愁的苏丹

最后举起的那一把佩刀

在里海的孤岛上　不战而败亡

2001.5.23

早餐时刻

诗　其实也不能怎么教育我

不是箴言　不是迷津的指点
也不是必备的学历和胭脂
然而是何等的幸福　如果可以
在早餐的桌上遇见一首好诗

就如同一杯热茶　一匙蜂蜜
一片马哥孛罗的核桃面包
是何等温暖纯净熨帖人心的开始

如果可以在早餐的桌上
与诗人同行　走进幽深小径
在青青苔色的映照里
不需要什么分析和导读

我的灵魂就能品味出　一种
几乎已经遗忘了的
甘美而又清冽的自给自足

2000. 11. 28

记忆广场

斜阳里，人群散去。镶着金边的昨日开始如层云般涌来，并且沿着这灰暗的广场向四周延伸铺展—— 多么贫乏而又丰美、空虚而又满盈的往昔啊！

这就是我们仅有的资产和原罪了吗？在流离的世界里执着于自身小小的悲喜。

回首之时，有谁愿意承认？这广场中心矗立着的一座又一座的青铜纪念碑，其实都是，奠基于我们那无可奈何而又无坚不摧的青春。

是青春建构了青铜的记忆，而这记忆才终于得以重铸了我们的青春啊！

2001. 11. 2

空间

下午的阳光从对面的出口往室内投射过来，几条浮动的光束里，充满着灰尘和晃动的人影，整个空间在此刻都是嘈杂混乱的。可是，为什么我的"昨日"却能一尘不染，安静明澈地穿越过这一切，完完整整地重现在我的眼前？

为什么？是什么？使我迟迟无法移步？

原来，每一个空间本身，其实都是有生命的，可以长久隐没，也可以突然显现；无论是建筑本身的材质或是形式，都会在悠长的时光里不露痕迹地建构着我的记忆，当然还包括岁月里的温度与湿度，包括曾经互相倾诉过的模糊的话语，包括紧贴着母亲同行时，她温柔的凝视，以及她的身体和衣衫的淡香，更包括了那生活里不可捉摸的幸福与忧伤。

2001. 11. 2

光阴几行

1

无从横渡的时光之河啊
诗　是唯一的舟船

2

那不可克服的昨日
成就了我今夜长久的凝视

3

一生虽说极短　却总是足够
等待激情冷却然后　冰封

4

内里的忧愁是因为焚烧吗

还是因为知道有些什么必将熄灭

5

无法打捞的灵魂的重量全在记忆之上

6

昨天一旦进入历史就开始压缩变形
没有任何场景可以完全还原一如当年
除了月光和花香
当然　还有钟声
远远地飘荡在一间小学后面的操场上

7

像这样　我们终于发现了真相
原来空间的广大　才是
博物馆的精华
包括威严与瑰丽
都需要　一段表演和展示的距离

8

在半生之后　才发现
那些曾经执意经营的岁月都成空白
能够再三回想的
似乎　都是像此刻这般徜徉着的
无所事事的时光

9

我无所事事
并且满足于只用光阴来写诗

2001.6.23

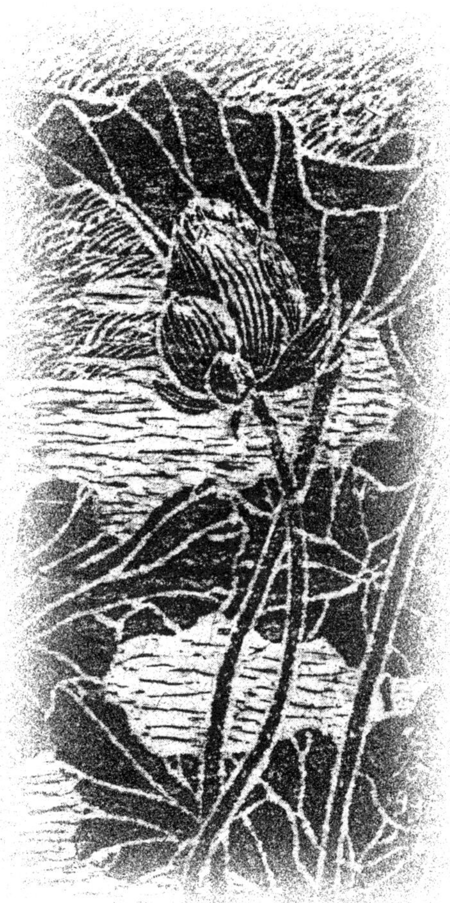

静静的林间
——敬呈诗人王鼎钧

(何其振振有词何等自信何种奔忙,多少疯狂燃烧着的嘴脸令人惧怖,多少充满了渴望的躯壳还在路上搜寻那在别人笔下出现过的天堂,据说在那里,诗是火焰,是唯一的光。)

而此刻是落日时分　我独爱
那些知道自己已经迷失了路途的
白发诗人
一身飘然旷野
在逐渐阴暗下来的林间　他
悄然提笔成篇
并且　含着笑意聆听
那似乎就在不远处的　海洋的呼吸

1999.7.24

回向的拥抱
——给祖丽

你是怎样开始的呢　怎样
提起笔来　写下
那第一章第一行的文字

为母亲立传
应该像是一种回向的拥抱罢
就如海浪一次又一次扑向
光明温暖洁净的沙岸

母亲给了你的　此刻
你是如何真挚与爱慕地
再一一地回报给她

而光影杂沓　在往昔的笑声里

也许　有泪水会静静滴落
留在纸上　晕染了字迹

"从城南走来……"
从生命里最早最早的清晨走来
从黄鸟叼签算命那最初的预言走来
在每一个转角之处　你再三回首
重新去追寻那一切记忆的源头

就是这样慢慢铺展开来的罢
从童年到青春　和
之后如锦绣般华美的文学岁月
永远的英子　永远的林海音
其实早就走进了我们的心中
只是　在你的笔下
她的光华更加从容

而你又是怎样把书拿给她的呢
母亲还在身边　还能

迎接着你的目光向你微笑

你是怎样把书翻开　把灯点亮

和她一起重新走进

那在我们的文学史上

永不消逝的　盛筵

在窗外是逐渐暗下来的暮色

在岛屿的边缘是永不停歇的海浪

2001.7.5

女书两篇

一、敬词——献给林海音

他们说:这已是尊崇的极致了。

如果整个社会都称她为"先生",如果整个时代都说她是"女中丈夫",就是一个女子最大的荣宠了。

即使她的胸襟与胆识在当时无人能及。

是这样吗?只能是这样了吗?

为什么我们不来造一些字,造一些真正的敬词,好来呈献给这位刚刚逝去的长者——一个在文化困境中流离的灵魂,却以整个生命的光与热修补了每一道创痕的妇人。

二、诗人之妻

我不敢上前招呼相认只能暗自退下心中无

比疼痛只因为我识得她的年少时光曾经拥有多么狂野的文笔和浪漫的诗情如今却是与诗人结褵了半生的沉默又木然的妻。

2001. 12. 9

初心不忘

等 待
——给小诗人萧未

午后三点的阳光
还在很远很远的前方
你是清晨
是属于勇敢和诚实的品质

我们都在　等待
有人等待细雨下在空寂的小径上
有人等待一个充满了繁星的穹苍
有人等待自己那颗躁郁的心
渐渐安静　好能将一字一句
慢慢地铺展成行

生命其实就是这样　昨日
好像总是比此刻更贴近真实

然而　你就是清晨

是透明的天空　是刚刚要出发的风

是我们所有的人在斜阳里遗失的梦

只有在诗中才能再次相遇

你和你还全然不自知的美丽

2000.8

现象

当男人如孩童一样幼稚和脆弱的时候,我们依然爱他,据说这是因为我们体内潜藏着的充沛的母性情怀使然。

其实是因为女人已经明白,在今天这个世界里,到什么地方也不容易找到那既成熟又有担当,如山岳一样屹立着,像亘古的父兄一样让我们来依靠的男子了。

"越来越少了罢?"

在极端文明的社会里,女人彼此微笑互相传告着这个现象。

1991. 1. 3

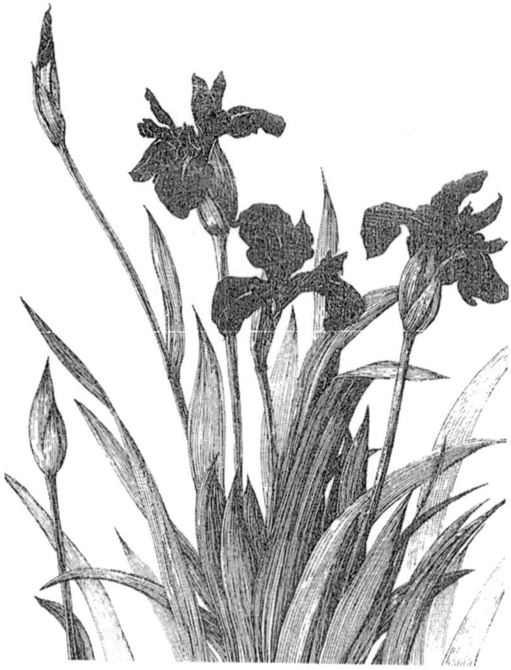

诗的图圉

试着迎风而起　尽量舒展双翼
也许可以如鹰鹞般直上苍穹
也许　只能像一只小灰蝶
缓缓低飞　贴近溪涧
不时掠过那闪着细碎光影的水面

这天地何其辽阔

我爱　为什么总有人不能明白
他们苦守的王国　其实就是
我们从来也不想进入的　图圉

1998.6.9

花开十行

——给邱邱

亲爱的女子　请你
听我解释

不是承诺　不能约定
也不见得可以实行

诗　也许只是
我们在结构完整紧密的一生里
努力去剔除　匿藏的
种种飘忽的真相

在有一天晚上忽然迎面遇见了
那满溢的　月光

2007.7.9

我爱夏宇
——Salsa 读前感

还没打开诗集只看到封面就让我如此快乐又俯首帖耳地准备让她带我去旅行。

我爱夏宇因为她一点也不爱我并且一点也不在意我要不要拥护她更不在意我有没有准备好去研究她的诗她让我完全自由即使我不懂很多也可以等于懂了一点点即使我好像懂了也可以并不怎么懂。

我爱夏宇因为她并不想教化我而且给我设了许多障碍使我不能决定到底是应该使用刀片还是手指在读诗之前先划开书页。

但是后来又发现其实留些偷窥的可能很可能是她给我的机会从来没有哪个诗人能让我们在读诗时如此贴近并且用这样倾斜的姿势。

还不敢打开诗集因为不知道这次她要怎样设定

距离有时候只是跟她去巷口邮局寄一封信但是也有可能忽然转换成奇怪的物质跟她去外太空旅行无论怎么躲闪无论是五十公尺还是三万光年她都会击中或者故意不击中我的要害使我在莞尔之际忽然泪下我与她从不相识素昧平生她却让我无限感激痛彻心扉。

2000.1.6

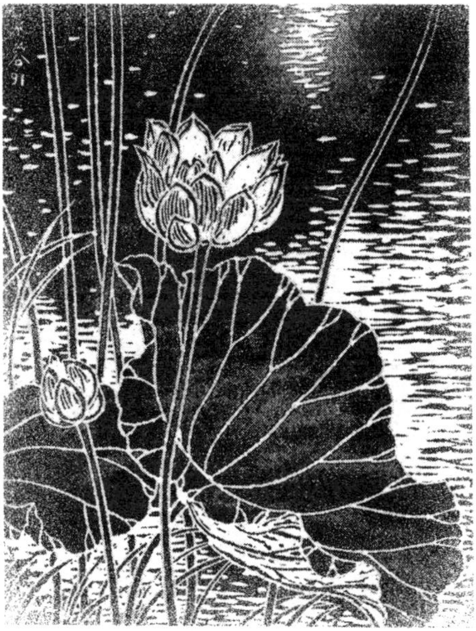

舞者

——给静君

你出现之后　舞台
忽然变得辽阔而又寂静
我们才发现　在你身旁
那云雾是如何地奔涌追逐
婉转挪移成形

你微微侧身　举臂
我们才看见了　光

不动之动　不舞之舞
唤醒众生正困于铁铸的千层桎梏
这沉默的说法者啊

你用躯体

穿透过我们一切的颠倒梦想

绝美　而又绝望

2000.7.12

荒漠之梦

夜宿荒漠
荒漠给了我一个梦

一如沙砾梦到清澈的湖水
枯枝梦到柔软的芦苇
我　梦到了昔时的
年轻而又安静的恋人

夜宿荒漠
沉默的大地在暗夜里
与我　以梦沟通

——公元二〇〇〇年十月初,见到了渴望已久的黑水城。是夜,在内蒙古阿拉善盟额济纳旗的达来呼布镇,我做了一个美丽的梦,昔时以那样从容的姿态走来,并且久久徘徊。次日傍晚,在干涸了的居延海旁,暮色中细看周遭景物,发现每一寸的大地上都刻画着难以形容的复杂纹路；而在古老的河床上，巨大的石块依旧顺着昔日河水的流势平躺着，仿佛是记忆散置的骨骸，沉默地铺展在车窗之外。

忽然领悟，无论是半埋在沙尘之下的城池，还是干涸的湖泊与河床，这荒漠上的每一寸土地，不都是有过一场繁华的旧梦？我车临其上，匆匆而过，晚间才会忽然梦到以那样美好姿态出现的昔日。只因为，在这里，一切都会在暗夜的梦境中复活，享受那片刻的静美与欢愉吧！

夜宿荒漠，荒漠与我以梦沟通。

这梦里梦外的时空，谁是虚？谁是实？谁是当下？谁又只不过是一场繁华的旧梦？这无边的大地之上，是不是也充满了和我一样的坚持不肯遗忘的生命？大至穹苍的星辰，小如湖底极薄极脆的贝壳，应该也都有话要告诉我吧？

即使繁华过尽，我们都成荒漠，也依然还可以有无数的夜晚，无数的难以言说的华美梦境啊！

2000.10.19

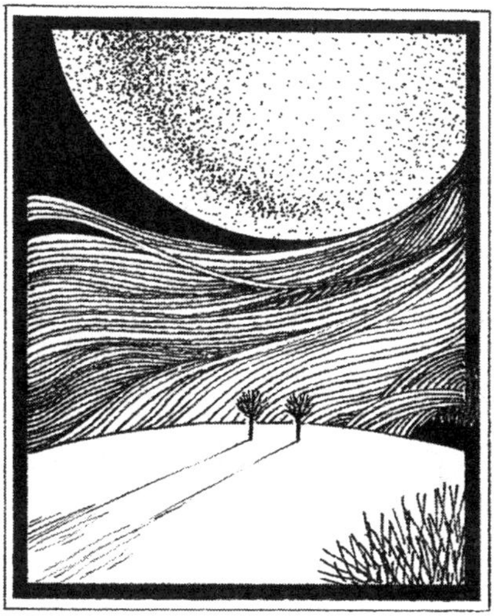

辑三　猛犸象

临流俯视　此刻的我才忽然泪下
为这迟来的了解与同情

鹿回头

——记一把三千年前制造的鄂尔多斯式
青铜小刀上的纹饰

在暗绿褐红又闪着金芒的林木深处
一只小鹿听见了什么正惊惶地回头
眼眸清澈的幼兽何等忧惧而又警醒
恍如我们曾经见过的　彼此的青春

2001.2.21

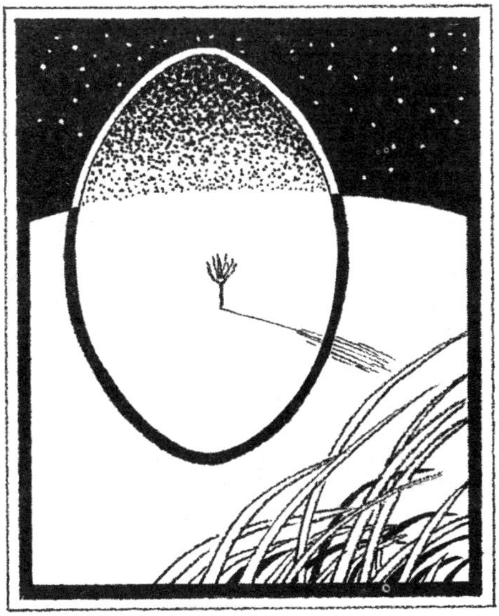

候鸟

《山海经》之《大荒北经》：有大泽方千里，群鸟所解。

    我
      们
   群
飞
至
此处
 并不知
   有什么疆界
 只为在此纷纷解羽
   繁衍和栖息
 如冬雷
春雪
之
行
 于
  大
   地

2001.3.25

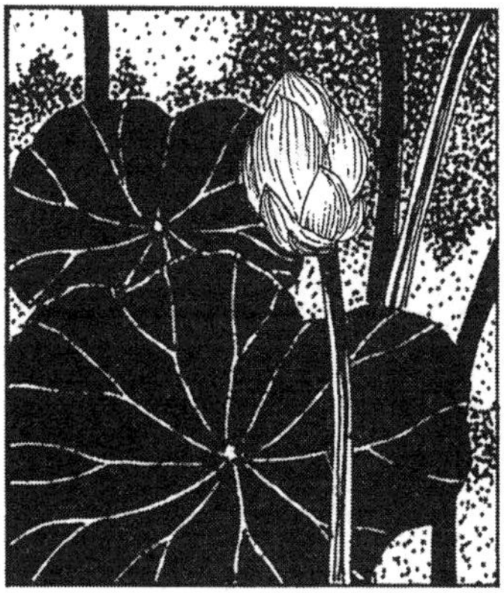

篝火之歌

我心素朴　一如旷野

纵使明知那前路上

埋伏着多少不能躲闪的坎坷与灾劫

还是燃起篝火来吧

在这岁月更替的前夕

让我们举杯呼唤着祖先的灵魂

在森林如记忆一般消失之前

在湖水如幸福一般枯竭之前

在沙漠终于完全覆盖了草原之前

我们依旧愿意是个谦卑和安静的牧羊人

这黎明前满满的第一杯酒啊

依旧　要敬献给

天地诸神

1999.9.29

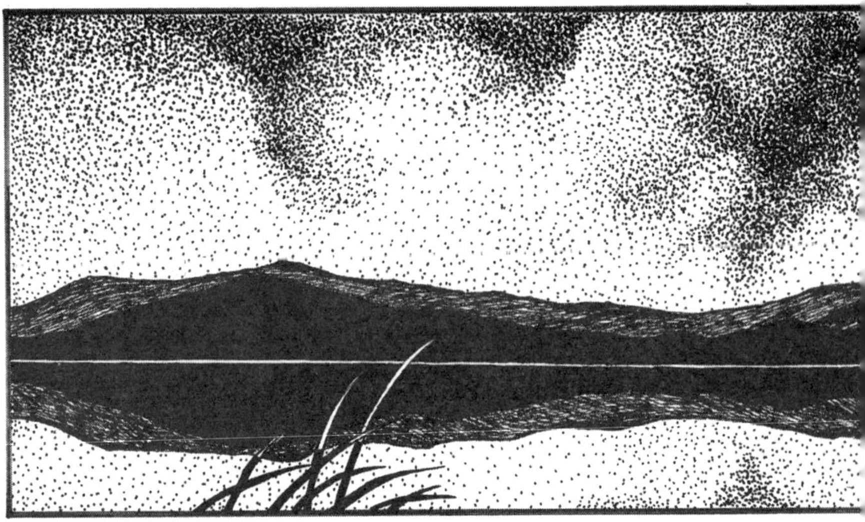

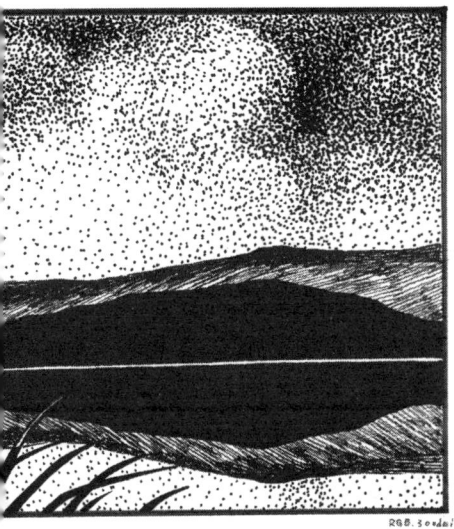

只有在黑夜的梦里

我的灵魂　才能还原为一匹野马

向着你向着北方的旷野狂奔而去

旁听生

您是怎么说的呢
没有山河的记忆等于没有记忆
没有记忆的山河等于没有山河

还是说
山河间的记忆才是记忆
记忆里的山河才是山河

那我可真是两者皆无了

是的　父亲
在"故乡"这座课堂里
我没有学籍也没有课本
只能是个迟来的旁听生

只能在最边远的位置上静静张望
观看一丛飞燕草如何茁生于旷野
一群奔驰而过的野马　如何
在我突然涌出的热泪里
影影绰绰地融入夕暮间的霞光

2001.8.31

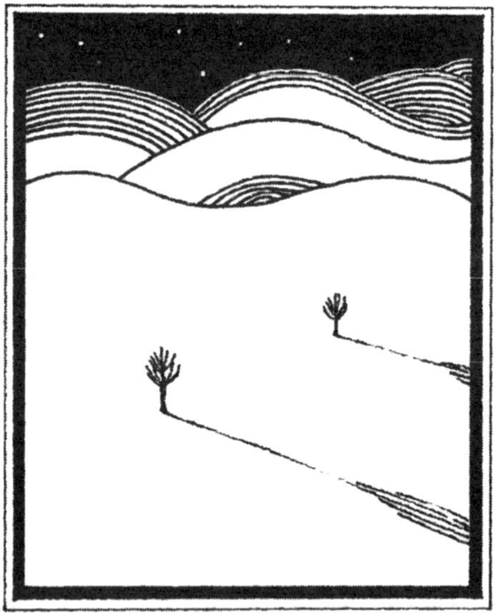

金色的马鞍

金色的马鞍　搭在四岁云青马的背上
现在出发　也许不算太晚吧
我要去寻找幸福的草原　寻找
那深藏在山林中的从不止息的涌泉

金色的马鞍　搭在五岁枣骝马的背上
此刻启程　应该还来得及吧
我要去寻找知心的友人　寻找
那漂泊在尘世间的永不失望的灵魂

阿拉腾鄂莫勒啊　让骏马欢喜向前飞奔
阿拉腾鄂莫勒啊　带我们奔向光明的前程

2001.11.29

（写给德德玛的歌）

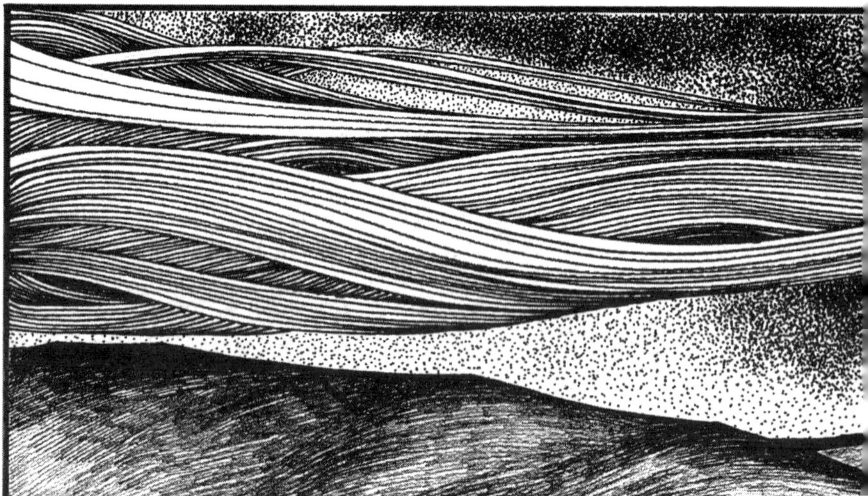

梦土上　是谁的歌声嘹亮

在我父亲的梦土上啊

山河依旧　大地苍茫

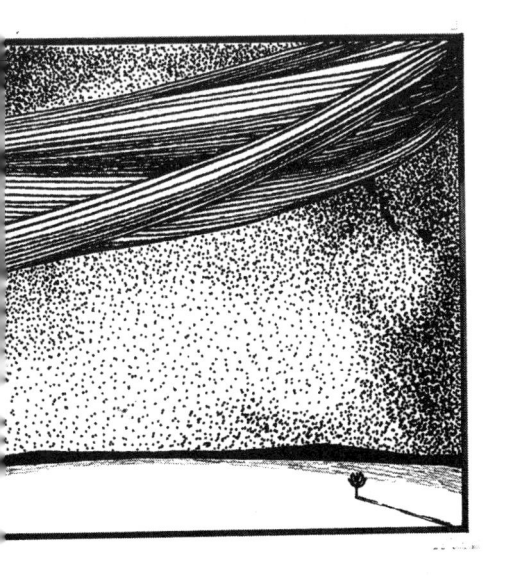

猛犸象

从蒙古高原地下掘出的远古巨兽,有的骸骨完整姿态安详宛如犹在沉眠中。

荒莽
忽升忽降
成形复陷落的循环
忽明忽暗这长夜何其漫漫
啊
此刻
在它的梦里
记忆仍是温暖的
只管沉睡在浓密的绿荫下的猛犸象
任时光如河水般从身边静静流淌而过
只管沉睡在丰厚的煤层里的猛犸象
记忆仍是温暖的

在它的梦里

此刻

啊

我们也许都只是忽隐忽现

那最轻最轻的脚步

最遥远的

星光

2001.9.27

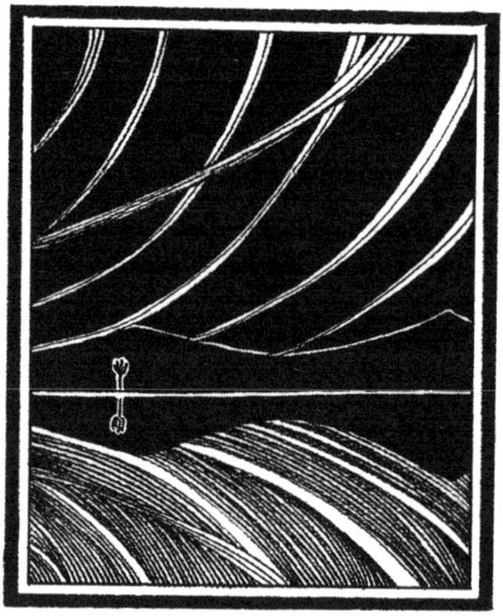

父亲的故乡

我把父亲留下的书都放在
我的书架上了
当然　只能是一小部分
父亲后半生的居所在莱茵河边
我不可能
把他整个的书房都搬回来

隔着那样遥远的距离
不可能整个搬回来的还有
父亲心中的　故乡

生命如果是减法
记忆　就是加法
是我八十八岁在异国静静逝去的
父亲的财富　是用一年比一年
更清晰完整的光影与回音

筑成的　百毒不侵的梦土

父亲是给我留下了一个故乡
我却只能书写出一小部分
是那样不成比例的微小啊

纵使已经踏上了回家的路
却无人能还我以无伤的大地

昨天如果是加法
这今天和明天　就是减法
是一日比一日的拥挤和破败
是一日比一日更远　更淡
更难以触及的根源

父亲是给我留下了一个故乡
却是一处
无人再能到达的地方

2000.4.15

追寻梦土

这里是不是那最初最早的草原
这里是不是　一样的繁星满天

这里是不是
那少年在梦中骑着骏马　曾经
一再重回　一再呼唤过的家园

如今　我要到那里去寻觅
心灵深处
我父亲珍藏了一生的梦土

梦土上　是谁的歌声嘹亮
在我父亲的梦土上啊
山河依旧　大地苍茫

2000.7.27

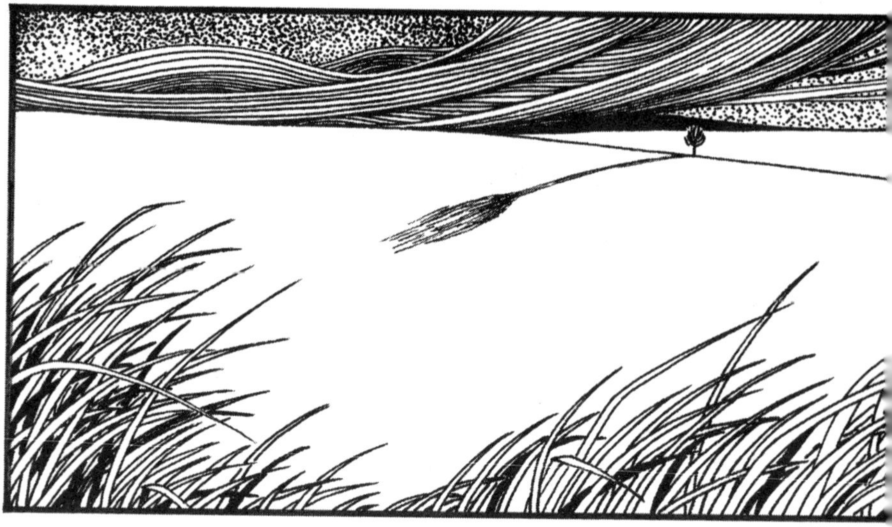

这里是不是那最初最早的草原

这里是不是 一样的繁星满天

野马之歌

请不必再说什么风霜
我已经习惯了南方的阳光
所有的记忆都已模糊
我如今啊是沉默而又驯服

只剩下疾风还在黑夜的梦里咆哮
谁能听见那生命的悲声呼号
心中的渴望何曾止息
只有在黑夜的梦里在黑夜的梦里
我的灵魂　才能还原为一匹野马
向着你向着北方的旷野狂奔而去
只有在黑夜的梦里啊
在黑夜的梦里

2000.9.12
改编自1994年《野马》一诗
(写给腾格尔的歌)

除夕

是谁　任蔓草滋长也从不放弃
这荒芜之地如此熟悉
生命的轮廓沿着记忆去描摹
溯流而上
远处的河面闪着童年的波光
是谁　总是应许幸福会带着微笑前来
所以我只需要安静等待

(等待那每一个从不失信的黎明
门启之处　父贻我以甘酪兮
母贻我以彩衣
香烛已经点燃在祖父母的灵前
水仙开在窗边　然后我们俯首跪拜
炙烧的烛焰混合着花果的暗香
这气味仿佛是一种盟约永不相忘

屋外有友伴在欢声呼叫我的名字

呼唤我快出去好加入这全新的一日)

是谁　任蔓草滋长也从不放弃

这荒芜之地如此熟悉

临流俯视　此刻的我才忽然泪下

为这迟来的了解和同情

为我华美的童年　为当日

我的漂泊着彷徨着曾经那样年轻的双亲

(今夜　香烛已经点燃在父母的灵前

水仙依然开在窗边

屋外　我的孩子们正在欢声催促

呼唤着邻近的友伴

快看啊是谁燃放的烟火如此灿烂)

是谁　总是应许幸福会带着微笑前来

所以我们只需要耐心等待

等待那每一个从不失信的黎明

等待总有一天

会在那一个孩子心中忽然涌现的

温柔的了解和　同情

1999.11.11

契丹的玫瑰

我知道所有的一切都在慢慢离开
恍如在黎明边缘逐渐淡去的梦境

仍然感觉得到那曾经如此贴近的
悲哀与美好
却已经无从描摹　无法拥抱

若是书写真能使昔日重回
多希望一首诗的生命能如
一朵　契丹的玫瑰
即使繁华都将湮灭　即使
记忆飘浮如草原上的晨雾
即使在充满了杀伐争夺的史书里
从来没有给"美"留下任何位置

我依旧相信

有些什么在诗中一旦唤起初心

那些曾经属于我们的

美丽与幽微的本质　也许

就会重新苏醒

仿佛在那无边的旷野里

契丹人深爱的玫瑰正静静绽放

那不可名状的香馥啊

正穿越过　千年的时光

——在辽宋间超过百年不交兵的时期，辽致赠给邻邦的礼物中，除了有"天下第一"美誉的鞍辔之外，还有珍贵的玫瑰油。书中说契丹的玫瑰油"其色莹白，其香芳馥，不可名状"。宋徽宗之时，这位皇帝还因为它的珍贵难求，想法去厚贿辽朝来使，终于得到了制作的秘方，才仿制成功。

在千年之前，契丹人就知道珍惜并且学会如何留住玫瑰的芳香。这样的民族，想必也应该有一颗非常细致的心吧。

2001.6.20

梦中戈壁

贪爱贪欢的幼驹　瞳仁狡黠
四肢修长而敏捷
全身披着黑得发亮的皮毛
在满月光辉铺盖着的山脊上奔跑
没有任何人可以将它夺走　它是
我用自己的灵魂虔诚供养的神兽

如此而免于被驯服　即使
已经向现实屈膝
总还有些什么不会弃我而去的吧
包括那血脉里的
欲望　感觉和记忆

如那夜夜向我奔来的骊驹
如何向我展示天的无涯　地的开阔

以及　远离一切枷锁
那呈现了生命诸种自由相貌

狂野勇猛或者温柔纤细的
梦中的　戈壁

2001.9.29

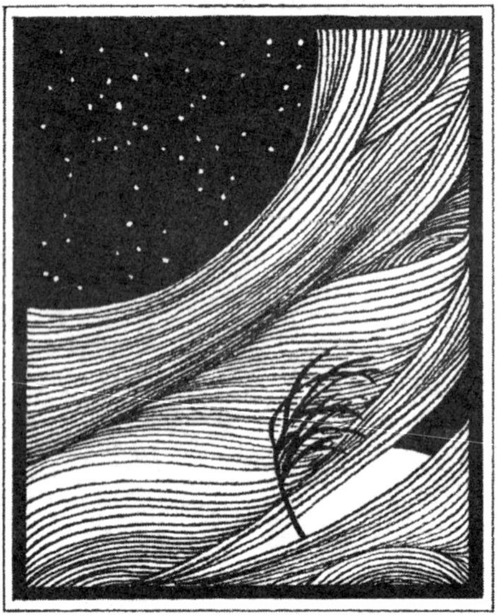

结论

在生活里从来不敢下的结论
下在诗里

诗　应该是
比我还要勇敢的我
比真实还要透明的真实

2000.9.8

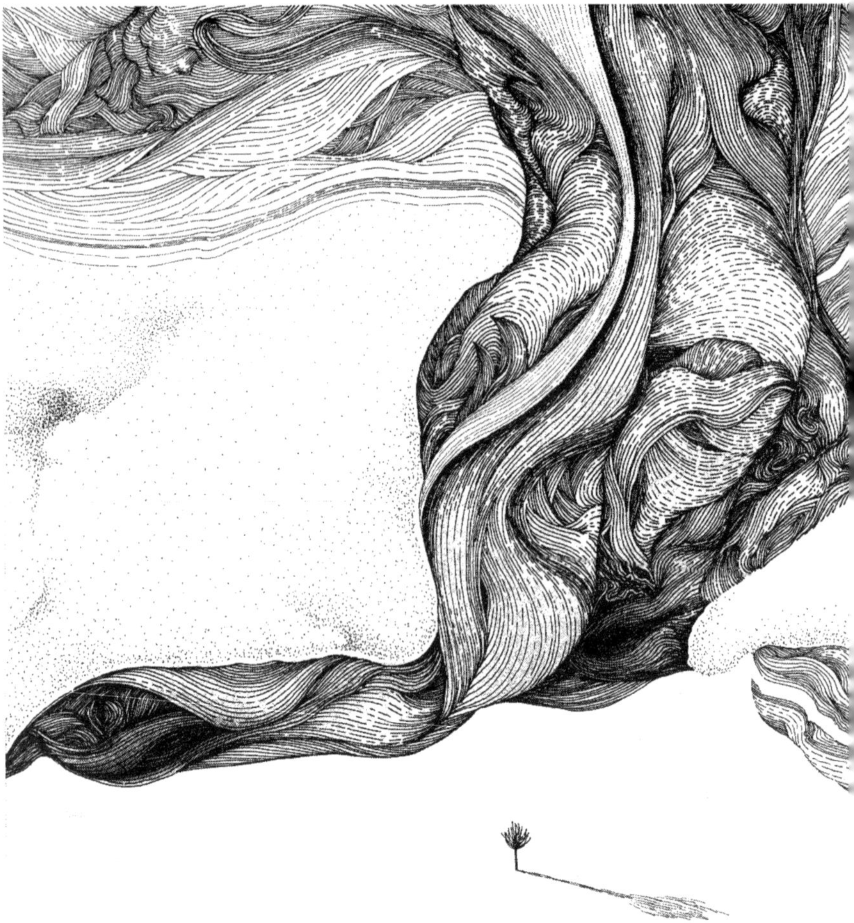

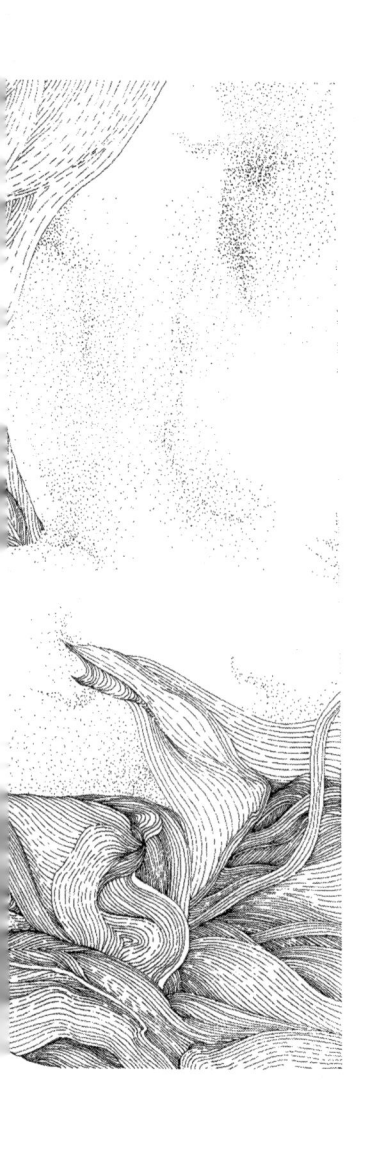

可是　谁又比谁更强悍与坚持呢

是那些一心要到达要完成的人

还是　终于迷失了路途的我们

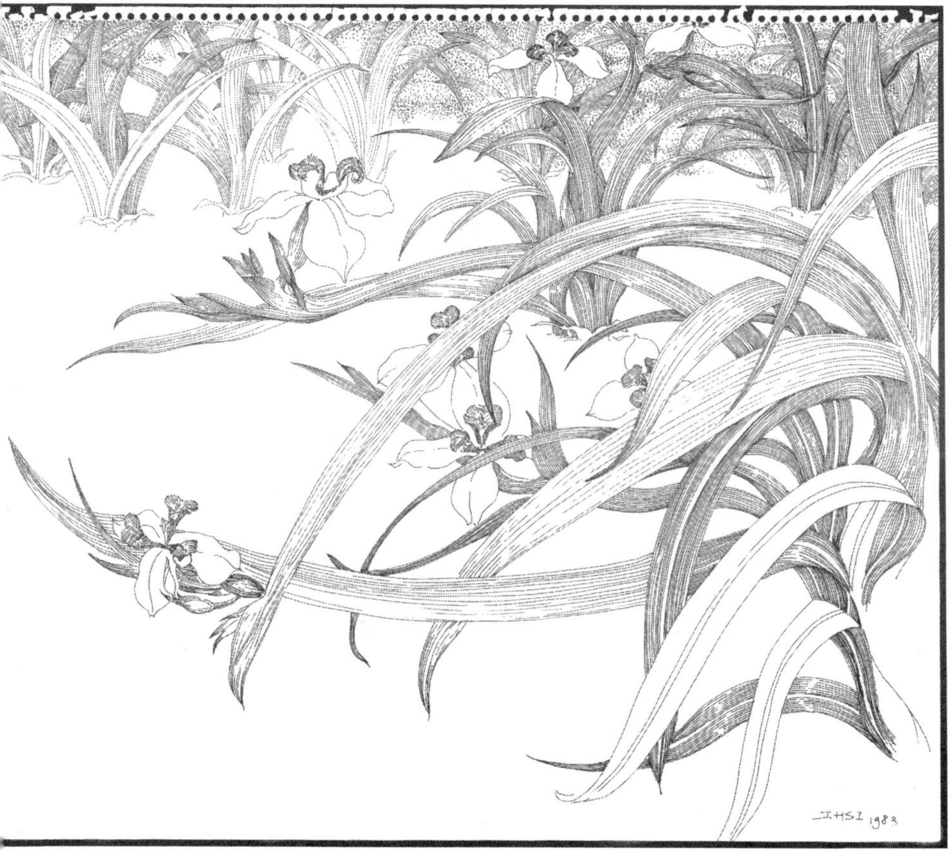
J.HSI 1983

附录　三家评论及后记

诗　原来是天生生长

悬崖菊的变与不变

——小评《席慕蓉世纪诗选》

白 灵

人是宇宙之子，宇宙的现象和行为准则，到人身上，不能说完备，至少是大体俱足。古希腊 Empedocles 说宇宙除有地、水、气、火四根，复有爱憎或分合二力。他说的像是物理化学现象，其实正是一切的本然。其后 Anaxagoras 说得更超然，他说这宇宙无非是"心力"所成，"超然往来，不与物混，精纯纤微，无所不入"，这话说得很玄，不过正是感知宇宙所造成的"人心"之可贵。"心"可成"力"，有点像超能力似的，其实不正是宇宙演化当中赋予人最珍贵的宝贝？文学艺术、科学发明等等不也是宇宙借人彰显自己的方式之一？如此当你再回头去阅听席慕蓉的诗作时，当可感觉，非席慕蓉在写她的诗而已，那是宇宙的"心力"借助席慕蓉的"心力"在彰显表达它自己！她的爱憎情仇，并非一人一时一地一族一国所可范围，那是宇宙庞伟的光影下永恒的母题和眩惑！

因此，当有为数众多的年轻女子因读席慕蓉的诗作而感动而落泪，却同时另有为数不少的年轻男子对此不以为然，以为是溢情所为，其实也不过是爱憎分合二力巨大的吸、斥现象罢了。相较于为数极伙之诗人的诗作竟无人闻问，则像是对此"心力"的不得要领。以是席慕蓉的诗作正是万世女子潜在基因集合下的自然表现，她既非站在完全"吸"（爱）的一方，亦非站在完全"斥"（憎）的一方，她的"心力"表现在当此二力相互作用的转折之际。她的诗最常出现的情境是今昔岁月的蹉跎和对照，以及对"雾"和"光"的迷狂，表现在时间上是秋天，表现在植物上是荷花，表现在人物上是新娘和情人，表现在文字上则是"残缺""假如""如果""今昔""总是""总能""等待""从此""无从""即使""不及""依然""终究""自""当""一切""一生"等等词汇。

一般男诗人作品中的"你"经常指的是"我"，是他调侃、指责、鞭笞，乃至自淫的对象。席慕蓉诗中的"你"即使带有"自我投射"的成分，更多部分是她思慕、倾诉、宽宥、共生的他者。她更像一个"永恒不变"的"母者"，那个"你"一起初成了情人、丈夫、儿女，到后来则化为族人、土地和山川。而她在"心力"上的扩充,是必然的。"人生只合虚度"(《边缘光影》)、"即使你终于出现,也无从改变/在等待中消失了的那些"(《美丽新世界》)、"永不再进入事件的深处/不沾忧愁的河水,不摘悔恨的果实"(《秋来之后》),她的晚悟和晚慧(三十八岁才出第一本诗集),只是时间的蹉跎,却是一种大彻大悟。这或许是这本诗选为什么卷四"边缘光影"(一九九九)就占了二十六首,而卷一"七里香"(一九八一)只有十首,卷二"无怨的青春"(一九八三)也选十首,卷三"时光九篇"(一九八九)选十六首的原因吧?她晚近诗作开阔的程度让众多嫉妒了二十年的其他诗人不得不慢慢放弃了"理由"。比如卷四中的《岁月三篇》《留言》《光的笔记》《秋来之后》《美丽新世界》《妇人之言》《备战人生》《野马》《大雁之歌)《蒙文课》等诗,对己身所出的蒙古土地有深挚的执著,都是清新可读、令人动容的作品。相较于前三卷,也许只有卷一的《一棵开花的树》《青春之一》《出塞曲》《长城谣》,卷二的《楼兰新娘》,卷三《诗的成因》《生命的邀约》《残缺的部分》《结绳记事》《历史博物馆》《沧桑之后》等诗可与较劲。卷四的好诗就占了此诗选佳作部分的一半,席慕蓉的"变"不可说不大。

早、中期的席诗近于歌谣体,介在口语和纯诗之间,因之反复咏叹、悲情伤怀,赚尽青年女子的眼泪,晚近的席诗,离现代就更近了一些,风花萎落,雪月溶去,顿然有繁华卸尽、凄然寂然之感。然而毕竟她是一位勇于付出"心力"的母者,身上流动的是"无可救药的乐观女子"的基因,对不可见和不可知的事物所要吸、斥的力道,未出手即已用去全力。她站的位置很像她诗中的"悬崖菊",既到达抛出的边缘,复又勒在吸回的极境,艳阳烘晒,风雨淋身,一季乃至只有一日,即是永世;无有遮掩,自然爱憎两宜。她的诗,即是她命运的表彰。

原载二〇〇年十二月二十七日

《中央日报·出版与阅读》

不敢为梦终成梦

——席慕蓉的艺术魅力

陈素琰

席慕蓉的作品有一个时期在台湾地区出版界曾卷起"旋风"。这位以画画为职业的青年女性,一九八一年在大地出版社出版第一本诗集《七里香》,一个月内再版。其后,此诗集以每两个月一版的速度增印,其销售数字在台湾新诗中是创纪录的。其后半年,尔雅出版社又为她出版两本散文集《成长的痕迹》《画出心中的彩虹》,该二书预约者上千册,也在一个月内再版。一九八三年大地出版社又推出她的第二本诗集《无怨的青春》,再一次造成轰动。同年,洪范出版社出版了她的散文集《有一首歌》,半年内也印了六版。一九八四年席慕蓉有六本书列入畅销书排行榜,有三本还进入了前十名,有人称当年为"席慕蓉年"①。

---

① 见夏祖丽《一条河流的梦》,另见古继堂《台湾诗坛旋风——席慕蓉》。

席慕蓉作品很快也引起了大陆读者的兴趣。一九八七年二月花城出版社出版了《七里香》。九月该社又出版《无怨的青春》。一九八九年三月海南人民出版社出版了杨光治、樱子合著的《席慕蓉抒情诗欣赏》，第一次印刷是三万册。席慕蓉的著作，包括《写给幸福》（一九八九年五月，中国友谊）、《漂泊的湖》（一九八九年七月，四川文艺）、《有一首歌》（一九八九年七月，花城）以及她和刘海北合著的《同心集》（一九八九年六月，云南人民），一时都成书架上的抢手货。即使在边远地区，学生们也如数年前对舒婷的熟悉那样，以浓厚的兴趣谈论着席慕蓉。

席慕蓉在画苑耕耘了二十年，并深造于比利时布鲁塞尔皇家艺术学院，却未曾在她擅长的领域造轰动，而几乎在一夜之间，她却从一种她认为是图求"放松"自己而从紧逼的生活中"抽身的一种方法"中获得了引人注目的成就。这不仅令别人惊异，甚至也令席慕蓉自己惧怕："上苍为什么待我如此厚？这件事为什么会到我身上？"无论是在台湾，还是在大陆，当今一种纯情的文学，能够在商品的竞争中获胜，无论如何总是极富吸引力的题目。"席慕蓉现象"无疑值得我们探讨。人们也许会把席慕蓉的引起兴趣归结于她作属青年女性作家特殊的出身和经历；她的多方面艺术才能等等。但这些在不同作家那里也都或多或少地存在，并不能说明席慕蓉给人特殊震撼的根本原因。

纯真人性的展示

席慕蓉画画，也写散文。她的画在布鲁塞尔举行过个人画展，她的散文写得也好，但她首先是诗人，因为她具备诗人的素质：真诚和纯情。席慕蓉的诗之所以赢得那么多的赞誉，首要之点是诚挚和真纯。在台湾那样的商业社会和大陆这样的准商业社会，纯真人性的泯灭以及人际关系的恶化，造成了社会的悬想。她能够在这样的人文环境中带给读者一份温情和爱心，在弥漫着失望乃至绝望的情绪中，获得某些意外的补偿。

从《七里香》到《无怨的青春》，席慕蓉的诗记载了从少女到成熟女性的心灵情感的轨迹。正是这些，使不同性别年龄的读者为之心动。像《如果》——

四季可以安排得极为黯淡

如果太阳愿意

人生可以安排得极为寂寞

如果爱情愿意

我可以永不再出现

如果你愿意

除了对你的思念

亲爱的朋友　我一无长物

然而　如果你愿意

我将立即使思念枯萎　断落

如果你愿意　我将

把每一粒种子都掘起

把每一条河流都切断

让荒芜干涸延伸到无穷远

今生今世　永不再将你想起

除了　除了在有些个

因落泪而湿润的夜里

如果你愿意

通篇用"如果"这一表示假设关系的连词,传达一种至爱的关系。这种爱与奉献相联系。如果你愿意,我可永不出现,这是以肯定的方式表现更加决断的否定。当社会的发展以伦理规范的消泯为代价,人们竟然发现了诗歌王国的这片净土,因而接受对象伴随着意外的喜悦而产生情绪的投入和共鸣,便是自然而然的。从《七里香》开始,席慕蓉写着一种十分眷恋又不可追寻的青春幻想。像《如果》那样纯情的奉献,在她的诗中频频出现,成为最能扣动读者、特别是青年女子心灵的充满音乐性的心音:

想你 和那一个
夏日的午后
想你从林深处缓缓走来
是我含笑的出水的莲

是我的 最最温柔
最易疼痛的那一部分
是我的 圣洁遥远

最不可碰触的华年

能够把少女心中最不易捕捉的"最最温柔"情绪于以曲尽幽微披示的，自然是极为感人的"最易疼痛"的"那一部分"和"最不可碰触"的"华年"。其质地最脆弱，而记忆最永恒，祈望最坚定。在传达情感的真挚强烈方面，席慕蓉纯熟的技巧，保证了完成这种把情感诉诸形象的工作。

含笑的哀伤

但是，席慕蓉的诗之所以引起人们近于狂热的反响，却不单是由她的纯情以及表达这份纯情的真挚强烈所引起。若是从以上列举的层面来肯定她的成就，显然难以把她和诸多女性诗人表现出来的那种专注于情爱的一般化的表达加以区分。这样仍然不能说明为什么是席慕蓉而不是其他任何这一层次的诗人会在台湾，也同样在大陆，引起敏感轰动，并在一部分读者（例如青年女性）那里引发持久激动的原因。

显然，席慕蓉在诗领域是一个特殊的有着独特艺术个性的现象，而非一般的现象。她之所以在同样表达个人情感和情绪而能生发一种并非短暂的魅力，在于她在这一般的领域中有着不一般的追求和表达，并获得成功。以下有一首短诗，可以看作揭开席慕蓉诗歌特殊魅力的一把钥匙。请看《为什么》：

> 我可以锁住我的笔　为什么
> 却锁不住爱和忧伤
> 在长长的一生里　为什么
> 欢乐总是乍现就凋落
> 走得最急的都是最美的时光

一般认为，就个人的生活遭际而言，席慕蓉可以说是受到生活和事业的特殊宠爱的幸运儿。她自己说过："在现实生活里，我是一个幸运的女子，因为有深爱着我的人的支持，我才能如此恣意地成长，想画就画，想写就写，做着对一个妇人来说是极为奢侈的事。我要承认，在今生，我已经得到了我所一直盼望着的那种绝对的爱情。上苍一切的安排原来都有深意，我愿意沿着既定的轨迹走下去，知恩并且感激。"(《此刻的心情》)即使如此,她依然拥有了超越眼前欢愉而有的并非造作的深潜的忧患感。如同大陆女诗人舒婷拥有的那种把哀伤和美丽联结在一起的"美丽的哀伤"感动了几代人那样,席慕蓉在幸福感的笼罩中,却有了无以言说的怅惘和哀愁。她不是真的有了什么不幸而哀伤,而是她因拥有这种厚爱与温情而惊恐和烦忧。她写道:"我有这么多这么好的朋友们陪我一起走这一条路,你说我怎么能不希望这一段路途可以走得更长和更久一些呢?也就是因为这样,我竟然开始忧虑和害怕起来,在我的幸福和喜悦里,总无法不掺进一些淡淡的悲伤。"(《野生的百合》)早熟的女性心灵感到了人生的"囚"。她认为流血的创口可以复合,而人心深处不流血的创伤是永不痊愈的。千年以来早生华发的嗟叹属于所有的人——

  岁月已撒下天罗地网

  无法逃脱的

  是你的痛苦　和

  我的忧伤

——《囚》

《为什么》是一个获得了他人少能获得欢乐的人对于欢乐的匆忙而发出的沉郁的慨叹:为什么"走得最急的都是最美的时光"。

席慕蓉作为艺术家和诗人,她对艺术真谛的理解是独特的,是悲喜混合的结晶。她所理解的《艺术品》其实就是人生:

是一件流着泪记下的微笑

或者　是一件

含笑记下的悲伤

这就是席慕蓉的诗有异于他人的地方。她有着一种早熟的人生感悟。当别人可能陶醉于真实的幸福和欢乐之时,她却有一种忧患和哀戚油然而生。她对于青春的感受和理解是从开端就预知结局:"所有的结局都已写好,所有的泪水也都已启程";而且预感到青春如同过眼烟云。年轻的女诗人有着透彻人生的感喟:"命运将它装订得极为拙劣","青春是一本太仓促的书"(《青春之一》)。能领悟到人生的悲剧性，以及与青春、美丽、喜悦共生的忧患，"人生原是一场难分悲喜的演出"（《咏叹调》）。这样的诗给人以厚重感。当这样的情形出现在年轻女性诗人身上时，它便拥有了由于反差而产生的特殊美感。

为成功而恐惧，幸福来临时感到哀戚，忧患缘生于喜乐。读席慕蓉的诗，没有那种不谙世事的少年情怀的浮浅。于是轻松中蕴含着沉重，欢声中包孕着泪痕。而这一切又是自然而然而非造作的，席慕蓉显然是把绘画创作中人的心境移植到诗和文学中来了。她讲绘画："从台北到布鲁塞尔、从慕尼黑再回到石门，一捆一捆的画布跟着我搬来搬去，怎么也舍不得丢掉，因为心里知道，那样的作品在往后的日子里是再也画不出来了。"她又讲诗："在今夜，虽然窗外依旧是潮湿而芬芳的院落，灯下依然有几张唱片、几张稿纸，可是，面对着《无怨的青春》的初稿，我深深地觉得，世间有些事物是不会再回来的了。"① 席慕蓉正是这样，当创造而获得成就时感到此时不再的悲哀。

难得的是这样得到的瞬间而感到的失落。她把沉郁融入了欢愉，她的情感是合成的浑然，她的诗篇浑重而不轻

---

① 《此刻的心情》，《无怨的青春》代序。

忽。尽管她多半是写纯属个人的心境和感受。从《七里香》到《无怨的青春》,据席慕蓉自述,这些作品大抵写于十几岁到三十几岁,这年龄在大陆人的概念中是青春曼妙的,人生最美丽的,而且大体说来尚未体味到悲哀和苦痛的时期,但幸福的席慕蓉却发出了惊天动地的秋声:

我只是一棵孤独的树

在抗拒着秋的来临

——《树的画像》

瞬间与永恒

席慕蓉意识的成熟,显然比她的年龄来得要早。她把欢乐看成是短暂和现世的,她对人生的领悟是彻底的。她知道人生最终是一出悲剧,因而她表现的忧患就格外动人。以上已经部分地回答了她的纯情之作具有特殊魅力的原因。但她的诗的内涵还有更为深邃因素的合成,这就是她通过平常的人生体验传达出对于永恒的认知和把握。在现实的每一瞬间,她感到了一种超时空的存在。席慕蓉在散文《桐花》中写道:"这样一个开满了白花的下午,总觉得似曾相识，总觉得是一场可以放进任何一种时空里的聚合。可以放进诗经，可以放进楚辞，可以放进古典主义也同时可以放在后期印象派的笔端——在人类任何一段美丽的记载里，都应该有过这样的一个下午，这样的一季初夏。"（见散文集《写给幸福》）席慕蓉在谈苏轼月夜泛舟的那篇散文时也有同样的感受，这种感受恰好印证她诗中的那些超越性的时空感："我们明知道那已是九百年前的事了，明明知道这中间有多少事物都永不会重回的了，可是却又感觉到那夜月色与今夜的并没有丝毫差别，那夜的赞叹与今夜的赞叹也没有丝毫差别。"（《唯美》，同上）

从瞬间感到永恒，在现时的每一刻里，都体味到昔日的某一时，某一刻。她经常向自己发出疑问：

在那样古老的岁月里

也曾有过同样的故事

那弹箜篌的女子也是十六岁吗

还是说　今夜的我

就是那个女子

——《古相思曲》

我既是我又不是我，我就是远古某时的那一个人；既是那一个又不是那一个人，而是今生今世此时此刻的我。这样一种觉悟，把诗的意境推向了深邃，在现实与幻想，此时和彼时之间取得浑然一体的效果。她不时反问自己，而且怀着"千年的愿望"，这就是穿过时空的间隔，"总希望二十岁的那个月夜，能再回来，再重新活那么一次"。这二十岁是永恒的，不单属于自身而且属于所有的，曾经有过二十岁的女子。这种存在是神秘的，具有某种似是宿命的观念，但也造成了她的作品的最动人的禅悟的特点。

她就是那棵著名的"开花的树"，这棵树为迎接爱情而开、却表现出一种超越尘俗的禅机：

> 如何让你遇见我
> 在我最美丽的时刻　为这
> 我已在佛前　求了五百年
> 求它让我们结一段尘缘
>
> 佛于是把我化作一棵树

长在你必经的路旁

阳光下慎重地开满了花

朵朵都是我前世的盼望

当你走近　请你细听

那颤抖的叶是我等待的热情

而当你终于无视地走过

在你身后落了一地的

朋友啊　那不是花瓣

是我凋零的心

　　这诗未必就是作者自身的爱情经历，但它表达的未被领悟的期待所具有的悲剧感却依然异常动人。主要的还在于此诗所表现的前世约定的缘分，把爱情的专注宗教化了。由此生发出一种崇高感，给人以纯净的灵魂洗礼。当然，这种情爱的追求，借一种在"最美丽的时刻"的路边停立来显示，特别是这停立不是偶发的，而是在佛前祈求了五百年的夙愿。既然是如此久远的积愿，又是在以最美的时分的期许，长远的和眼前的时间已经证实了这种真诚和专注,而且又是经过精心选取的地点——"长在你必经的路旁"和姿态——"阳光下慎重地开满了花"。当此种前世的盼望和今生的默默的期许都受到忽略的时刻,它所显示的凋零的哀伤,便具有了摧毁心灵的效果。

像《一棵开花的树》这样"重证前缘"的意愿的实现与失望,是席慕蓉诗的一个母题。《最后的一句》讲到长久的相遇必然也有结束,日暮的古渡船头是告别的时刻和地点。诗人再一次向着那冥冥之中主宰的命运之神俯首默祷"最后的一句":"若真有来生,请你留意寻找,一个在沙上写诗的妇人。"前面那棵树讲的是前世的修约和期待,后面这最后写出的一句,是轮回来生的再度寻找的重证。其实她也不是真的有什么来生和前世,《前缘》的卷首语说:"人若真能转世,世间若真有轮回,那么,我爱,我们前世曾经是什么?"她无疑是在幻想中,为前世的错过而惋惜:"你若曾是江南采莲的女子,'我必是你皓腕下错过的那一朵";为今生短暂的相聚而怅惘:"今生相逢,总觉得有些前缘未尽,却又很恍惚。"这依然是幸运者贪婪的哀伤,是席慕蓉传统的"悲喜交集"内涵的阐发,不过,她把这诉诸宿命的追寻了。她是把这种"禅意"当作一张"试纸",

好试出"那交缠在我眼前的种种悲欢"(《试验之二》)。

  正是由于这种彻悟，那些美丽的哀婉的情诗都能表现出并不浮躁的沉着和宽容，在别的诗人那里，特别是一些女性诗人那里，爱情的等待和苦痛往往会被滥情地发挥。淋漓尽致的强烈，尽管能给人以震撼，但既不沉郁，也难持久。席慕蓉却由于与宗教式的人生感悟相结合而表现出一种透彻的旷达。你看她表现那种从容的等待，那只能是一种命中认定，时日的长久仿佛只是一种验证。"长久的等待又算得了什么呢"：

    当千帆过尽　你翩然来临
    斜晖中你的笑容　那样真实
    又那样不可置信
    白蘋洲啊　白蘋洲
    我只剩下一颗悲喜不分的心

    才发现原来所有的昨日
    都是一种不可少的安排
    都只为了　好在此刻

让你温柔怜惜地拥我入怀

——《悲喜剧》

长久等待后的翩然而至，斜晖中的真实笑容，迎着这一切被人视为幸福的东西，却是一颗深深体味人世悲观的既说不上怨恨也说不上欢愉的"悲喜不分"的心。

久别不必伤悲，聚晤无需庆幸，一切都是命中注定，何必聚散两依依，但求两心越时空而结盟。这种无所谓的态度，给席慕蓉诗情的温柔加上了放达。这原也是我们后面将论及的由她的诸种条件构成的诗歌性格某些独特的素质，并由此构成席慕蓉诗的特殊魅力。研讨席慕蓉的诗，我们通过一棵树在最美丽时刻的等待和白蘋洲夕照中的悲喜不分的等待，确认了她的重证前缘的母题。此处还要讨论她的荷花意象在她诗中的位置。生活中的席慕蓉爱荷。她在文中写过石门乡居时，她种了六盆亭亭如盖的荷花。无数的清晨和月夜，她探望那些醒来或微睡的荷花，站在荷池畔，她感到的是"在这个荷花盛开的季节，每一个池畔写生的女孩都可能是我，也可能不是我，每一个站在我身后的观众都可能是你，也可能不是你，那个回了头的我也许永远不再是我,而那个始终没回头的女孩反而可能永远是我……只有这千朵百朵的荷花知道,我们曾经怎样地活过,我们就会怎样地活下去。"(《池畔》)

她从荷花那里获得画画的灵感,也从荷花那里获得了人生的启悟。她把这化为了瞬间与永恒,生命的存在及感觉的诗情在她的笔下,莲荷有了生命,也有了寄托。在这个美丽的意象中,她写进了冥冥上苍的不可改变的安排:"在千层万层的荷叶之前,当你一回眸,有很多事情就从此决定了"(《缘起》);"在那七月的午后,在新雨的荷前,如果,如果你没有回头"(《一个画荷的下午》),要是没有回头,也许事情会是完全另外的一个样子。就是这样,是她的特殊理趣,而不是她的纯情给她的诗带来了神秘感。正如一位评家说的,她在诗中"写人在残缺中一点尚未灰的追寻之心,则总算还保存着一点希望。然后,在陷落的惊悸中,人须得去破解这亘古的谜题"。[①] 尽管这种宗教式的"破谜"并不是深刻的,而且大体上总是那么一点意味的反复强调,但的确为她的诗带来特别的韵味。这是别的诗人那里不易寻到的。正是这种糅合着神秘的宿命色彩的

[①] 见曾昭旭:《光影寂灭处的永恒》。

纯情抒写，构成席慕蓉诗的特殊个性。

遥远乡情的浸润

席慕蓉祖籍内蒙古，外祖母孛儿只斤光濂公主还是成吉思汗的嫡系子孙。有人认为席慕蓉的民族及家世的特殊性是读者对她及作品产生兴趣的重要缘由。要是存在这样的因素那也肯定不是主要的。席慕蓉作品的魅力，产生于她特有的内在精神与精湛艺术的结合。前者取决于纯真的人性，后者有绘画和音乐的影响。她在写作那些使她成名的代表作时，并没有对她祖先居住过的地方进行过寻根旅行，但遥远的乡情却日日夜夜叩动她的心灵。她是矛盾的。她深知，如同所有成长在台湾的一代人那样，"我，已经是一棵树，深植在温暖的南国"，她说："我所有的记忆，所有的期望与等待都与这个岛有了关联，我实实在在是这个岛上的一分子，是这个岛上的人了。"她为自己"不太像蒙古人"而惆怅，但却有无限的乡心在跳荡，席慕蓉不无忐忑地问自己——

如果有一天真的回去了，站在那一片曾经养育过我父亲和母亲成长的土地上，我又会是什么呢？我多害怕，如果站在一块原来于我应该是非常亲近的土地上，却发现自己已经是，并且也终于只能是一个陌生的异乡人了。

如果面对着的是这样的命运，我想任谁都不能不痛哭的吧。

——《漂泊的湖》

她就是这样一座"漂泊的湖"。四川文艺出版社在出版《漂泊的湖》时，编者对席慕蓉的家世作过介绍后说，"这位蒙古贵胄的后代却从未到过孕育自己民族的那块土地，对那遥远古老的故土，她总有着一种惆怅的思归之心，一股浓郁的思乡之愁。那艺术的激情与天骄后裔的热血交融从笔端流出……"这段话把她的经历和血缘给予个人风格的影响作了简要的述评，是颇为中肯的。席慕蓉写过《出塞曲》，写过《漂泊的湖》，写过《旧日的故事》，写过《还乡》。她用许多笔墨怀念并梦游自己非常遥远的故土。她笔下有着非常动人的乡情。但这一切都不及那股乡思对于她艺术个性的形成具有这一最潜在最深沉的影响。

初次接触她的作品，人们往往为她的女性柔情所动心。但深知席慕蓉的纯情之作后，会发现她特殊的艺术魅力，这就是她不仅具有女性的柔婉，而且柔婉中时时透露出某种悲凉。这悲凉却不是她出生的巴蜀，以及生长地香港和台湾的南国海域所给予的。那里的蕉雨椰风可以增进她的多情温婉的南国女子的性格，而那种悲凉和慷慨之气却来自塞上风烟。当我们审视作为一个少女和一个妇人的全部柔情，我们可以理解这是一位南方女性的抒唱；而那种渗透人世沧桑于幸福中时时发出人生叹喟以及深沉忧患时，我们都发现了这位女子心灵深处的放达。这时候，祖先驰骋草原的血脉的涌动，显然渗入了她的女性的心。

基于以上分析，我们力图证明席慕蓉的轰动并非偶然，她是在她平易和温柔的外表中蕴含着深刻和深沉；在她的纯情的欢愉之中包含着旷古的悲哀。"在这本书里，伟大的心灵以最单纯的面貌出现，他说的话，他用的字句都是最浅显的，甚至，他要我们去明白的道理也是极浅显的；而在我们进入了他的世界之后，就会跟随着他，开始了一种温柔而又缓慢的蜕变。"这是席慕蓉在论述卡里·纪伯伦的《先知》时说的一番话。读席慕蓉的诗和散文，我们得到的也是同样的印象。她是以浅显传达深挚。在南方温柔的外观下显示坚定,而且有一种北方式的雄健。席慕蓉的风格是一种独特的融会。

转载自《台湾地区文学透视》

(一九九一年七月,陕西人民教育)

月光插图

——席慕蓉诗歌札记

鲍尔吉·原野

和自己狭路相逢

席慕蓉的诗是和她相对着的巨大的秘密。

秘密是一个不确切的词。我是说,这个秘密里有前生、一切的起因、河流、相思木黄花下的台湾小黑狗。还有旋律。

包括她在《七里香》中反复出现的青春、美丽、时光。

时光是最大的秘密,它使席慕蓉如临大敌。"敌"是人们看到的东西中看不到的东西。

它们生出歧路,歧路中又生出歧路,迈向席慕蓉感到惊栗的地方。

地方有些时候还是时间。

这些对立着的东西被一只犹豫的手握着撕开,像撕开一个蜂巢,阳光下无数金黄的丝线在细细地呐喊。

　　溪水急着要流向海洋
　　浪潮却渴望重回土地

诗人似乎终生相对着诗,凝望。
望什么?

　　浮云白日　山川庄严温柔

而且,

　　一定有些什么
　　　是我所不能了解的

诗不顺时针而唱,它逆向时光。
逆风的鸟儿、溯流而上的鱼、在被时光洪水淹没的岁月中察看自己足迹的人,是诗国的生活图像。
找是什么也找不到了。只有诗。

一定有些什么，是我所不能了解的

所以，席慕蓉的语调舒缓谦恭。

这里有怨，《无怨的青春》里也有怨，但在时光中寻找时光的人，不应大声喊叫。

我喜欢那些小声说话的人。

这些如羽毛落水的声音。

大声说话的人不外两种，煽动或心虚。

席慕蓉的声音真切而清晰，是气息，而不是嗓子。

自给自足

席慕蓉的诗自给自足。

不光"一片马哥孛罗的核桃面包"，她的诗里什么都有，养活她自己的心灵和许多人的心灵。

诗人有两种。一种是献血人，自己越来越瘦；一种是在自己的创造中获取营养的人。

越写越枯干的诗人可疑，好像奉献，实为自戕。我以为诗最终是为自己而作，而且好的诗人因为作诗而强大，包括宁静、富饶，有一处无论怎么看都成风景的庄园。

薰衣草紫和紫丁香蓝之间

为了说明席慕蓉的富有,我引用她这首诗:

薰衣草紫和紫丁香蓝之间
其实只多了一层薄薄的雾气
……还有阿拉伯蓝
那是比天蓝法国蓝还多了几分
向晚的华丽和忧伤

——《色颜》

我很想全文引录这首诗,展览它的色彩和声音,这是画家席慕蓉的家宴,比花剌子模的苏丹的客厅还要华丽。

但诗人比苏丹多了一双眼睛,她看到,在宴会最酣处,一双无形的手于暗处把这些豪奢的色彩全收走了,人们手里举着空空的酒杯。

诗人感到比别人穷困,是因为看到了这一幕,以至"渡口旁找不到一朵可以相送的花"。

生别离：转身

席慕蓉的诗让人感到，繁华与转身之际的清秋。
她的诗让人感到有好多次"转身"。
不同于庄老的空寂，而如弗朗明哥的顿挫。
你如果不曾转身，就不知——

> 月亮出来的时候
> 　如何照我塞外家乡

也不知在黄金般贵重的历史里面"尼勒布苏是泪"。

像花朵般绽放过又隐没了

席慕蓉营造的美丽，繁繁复复、层层叠叠。
她说的隐没是一种变幻。
一切都没有消失，而被时光之手藏在背后。

> 那个像小树一样　像流泉一样
> 　在我眼前奔跑着长大了的孩子啊

到什么地方去了?

美与痛一定相连,虽然不一定让你知晓。

那些没有痛的美是阿斯巴甜、是跨国公司的规格产品、是防晒霜。

我以为我已经把你藏好了

没有,它们总是出来,这思绪"像无法停止的春天的雨"。

在这个世界上,你无法让它停止的不是火车和飞机,而是诗的思绪。

那些有意展露的,都不是诗,是什么?我不知道。在好的诗人手里,诗是破壳而出的小雏鸡,藏也藏不住了。

所有的结局都已写好
所有的泪水也都已启程

用什么办法不让雏鸡出来,揣着这个鸡蛋周游列国呢?那些伪诗人,揣着鸡蛋旅行的人,他们把鸡蛋都阉割了。

诗　原来是天生天长

席慕蓉的诗，如茉莉，好像没什么季节，想开就开，说香就香。

这样的诗或植物有一种危险，会突然湮灭，因为借不上"他生他长"的势。

《七里香》不止七里，大江南北，流被之处波音飞机需开五个小时，"繁花里生出繁花"，引出《无怨的青春》《时光九篇》和《边缘光影》，层层叠叠。

这常常是一种败象，因为一个人的文字被太多的眼睛接着，就走样、变形，被迫演唱规定曲目。

而新诗集《迷途诗册》表明席慕蓉没败，宁静而阔大，风神清明。

金色的马鞍，引领她直至落雪的地方。

她说"当你在远方呼唤别人的时候，我知道，其实有一部分也是在呼唤着我"。是的，铁马、黄河和蒙文课用低沉的喉音呼唤穆伦·席连勃。

二〇〇二年六月二日沈阳·漓江园

长路迢遥
——后记

一

九月初，去了一趟花莲。

出门之前，圆神出版社送来了《时光九篇》和《边缘光影》新版的初校稿，希望我能在九月中旬出发去蒙古高原之前做完二校。虽然离出版的时间还早，可是我喜欢出版社这样认真和谨慎的态度，就把这两本书稿都放进背包里，准备在火车上先来看第一遍。

从台北到花莲，车程有三个钟头，不是假日，乘客不多，车厢里很安静，真的很适合做功课。所以，车过松山站不久，我就把《时光九篇》厚厚一沓的校样拿了出来摆在眼前，开始一页页地翻读下去。

《时光九篇》原是尔雅版，初版于一九八七年的一月。其中的诗大多是写于一九八三年到一九八六年间，与此刻相距已经有二十年了。

二十年的时光，足够让此刻的我成为一个旁观者，更何况近几年来我很少翻开这本诗集，所以，如今细细读来，不由得会生出一种陌生而又新鲜的感觉。

火车一直往前行进，窗外的景色不断往后退去，我时而凝神校对，时而游目四顾，进度很缓慢。

当我校对到《历史博物馆》那首诗之时，火车已经行走在东部的海岸上，应该是快到南澳了，窗外一边是大山，一边是大海，那气势真是摄人心魂。美，确实是让人分心的，我校对的工作因而进展更加缓慢。

然后，就来到诗中的这一段——

> 归路难求　且在月明的夜里
> 含泪为你斟上一杯葡萄美酒
> 然后再急拨琵琶　催你上马
> 知道再相遇又已是一世
> 那时候　曾经水草丰美的世界
> 早已进入神话　只剩下
> 枯萎的红柳和白杨　万里黄沙

读到这里，忽然感觉到就在此刻，就在眼前，时光是如何在诗里诗外叠印起来，不禁在心中暗暗惊呼。

车窗外，是台湾最美丽的东海岸，我对美的认识、观察与描摹是从这里才有了丰盈的开始的。

就在这些大山的深处，有许多细秀清凉的草坡，有许多我曾经采摘过的百合花，曾经认真描绘过的峡谷和溪流，有我的如流星始奔，蜡炬初燃的青春啊！

在往后的二十年间，在创作上，无论是绘画还是诗文都不曾停顿，不过，在我写出《历史博物馆》这首诗的时候，虽已是一九八四年的八月，却还不识蒙古高原，也未曾见过一丛红柳，一棵白杨，更别说那万里的黄沙了。

谁能料想到呢？在又过了二十年之后，重来校对这首诗的我，却已经在蒙古高原上行走了十几年了，甚至还往更西去了新疆，往更北去了西伯利亚的南部，见过了多少高山大川，多少水草丰美的世界，更不知出入过多少次的戈壁与大漠！

是的，如果此刻有人向我问起红柳、白杨与黄沙，我心中会争先恐后地显现出多少已然枯萎或是正在盛放色泽嫩红的柔细花穗，多少悲风萧萧或是枝繁叶茂在古道边矗立的白杨树，以及在日出月落之间，不断变幻着光影的万里又万里的黄沙啊！

我是多么幸运，在创作的长路上，就像好友陈丹燕所说的"能够遇见溪流又遇见大海"，在时光中涵泳的生命，能够与这许多美丽的时刻在一首又一首的诗篇中互相叠印起来。

在两个二十年之后，在一列行驶着的火车车厢之中，我从诗中回望，只觉得前尘如梦，光影杂沓，那些原本是真实生命所留下的深深浅浅的足迹，却终于成为连自己也难以置信的美丽遭逢了。

二

当然，在时光中涵泳的生命，也并非仅只是我在眼前所能察觉的一切而已。我相信，关于诗，关于创作，一定还有许多泉源藏在我所无法知晓之处。

这十几年来，我如着迷般地在蒙古高原上行走，在游牧文化中行走，虽然每次并没有预定的方向，却常会有惊喜的发现。

譬如前几年，在内蒙古呼和浩特市举行的首届"腾格里金杯蒙文诗歌朗诵比赛"决赛现场，全场的听众里，我是那极少数不通母语的来宾之一，可是，却也和大家一样跟着诗人的朗诵而情绪起伏，如痴如醉，只因为蒙古文字在诗中化为极精彩的音韵之间的交错与交响，唤起了我心中全部的渴望。

原来，我对声音的追求是从这里来的！

这么多年来，虽然在诗里只能使用单音节的汉字，可是我对那字音与字音之间的跳跃与呼应，以及长句与长句之间的起伏和绵延，总是特别感兴趣。在书写之时，无论是自知或是不自知的选择，原来竟然都是从血脉里延伸下来的。

而这个世界，还藏有许多美丽的秘密！

就在这个十月，我身在巴丹吉林沙漠，有如参加一场"感觉"的盛宴，才知道自己从前对"沙漠"的认识还是太少了。

巴丹吉林沙漠在内蒙古阿拉善盟右旗境内，面积有四万七千平方公里。在这样广大的沙漠中，横亘着一座又一座连绵又高崇的沙山沙岭，却也深藏着一百几十处湛蓝的湖泊。有的明明是咸水湖，湖心却有涌泉，裸露在湖面上的岩石里有大大小小的泉眼，从其中喷涌而出的，是纯净甘甜的淡水，湖旁因而有时也丛生着芦苇。清晨无风之时，那如镜的湖面，会将沙山上最细微的折痕也一一显现，天的颜色是真正的宝石蓝，蓝得令人诧异。

原来，这在我们从前根深蒂固的概念中所认定的一种荒凉与绝望的存在，竟然也可能会有完全不同的面貌，充满了欣欣向荣的生命。

如果不是置身于其中，我如何能够相信眼前的一切也都属于沙漠？在沙谷之中隐藏着湖水，在沙坡之上铺满了植被，生长着沙蒿、沙米，还有金黄色的圆绒状的小花，牧民给它起了一个非常具象的名字——"七十颗纽扣"……

这个世界，还藏有多少我们不曾发现又难以置信的美丽？

夜里，星空灿烂，宽阔的银河横过中天，仰望之时，仿佛从前背负着的枷锁纷纷卸落，心中不禁充满了感激。

还需要什么解释呢？我在星空下自问。

且罢！上苍既然愿意引领我到了这里，一定有它的深意。长路何其迢遥！我且将所有的桎梏卸下，将那总是在追索着的脚步放慢,将那时时处于戒慎恐惧的灵魂放松,珍惜这当时当刻,好好来领受如此丰厚的恩宠吧。

三

回到台北,满心欢喜地准备迎接一套六册精装诗集的完整展现。

《时光九篇》书成之后十二年,才有《边缘光影》的结集,原来都属尔雅,要谢谢隐地先生的成全,才得以在今天进入圆神系列。

更要谢谢简志忠先生的用心,让我的六本诗集在五年之间陆续以新版精装的面貌出现。

《迷途诗册》也将从二十五开本改成三十二开本,也算是新版。

要谢谢这两位好友之外,更要谢谢每一位在创作的长路上带领我和鼓励我的朋友,长路虽然迢遥,能与你们同行,是何等的欢喜!何等的幸福!

我是极为感激的。

二〇〇五年十一月九日写于淡水

席慕蓉书目

◇ 诗　集

1981.7　　七里香　大地
1983.2　　无怨的青春　大地
1987.1　　时光九篇　尔雅
1999.4　　边缘光影　尔雅
2000.3　　七里香　圆神
2000.3　　无怨的青春　圆神
2002.7　　迷途诗册　圆神
2005.3　　我折叠着我的爱　圆神
2006.1　　时光九篇　圆神
2006.4　　边缘光影　圆神
2006.4　　迷途诗册（新版）　圆神
2011.7　　以诗之名　圆神
2016.3　　除你之外　圆神

◇ 诗　选

1990.2　　水与石的对话　太鲁阁国家公园
1992.2　　席慕蓉诗选（蒙文版）　内蒙古人民
1992.6　　河流之歌　东华

1994.2	河流之歌	北京三联
1997.6	时间草原	上海文艺
2000.5	世纪诗选	尔雅
2001	Across the Darkness of the River（张淑丽英译）GREEN INTEGER	
2002.1	梦中戈壁（蒙汉对照）	北京民族
2003.9	在黑暗的河流上	南海
2009.2	契丹的玫瑰（日文诗集·池上贞子译）日本东京思潮社	

◇ 画　册

1979.7	画诗（素描与诗）	皇冠
1987.5	山水（油画）	敦煌艺术中心
1991.7	花季（油画）	清韵艺术中心
1992.6	涉江采芙蓉（油画）	清韵艺术中心
1997.11	一日一生（油画与诗）	敦煌艺术中心
2002.12	席慕蓉（40年回顾）	圆神
2014.11	旷野·繁花	敦煌画廊

◇ 散文集

1982.3	成长的痕迹	尔雅
1982.3	画出心中的彩虹	尔雅
1983.10	有一首歌	洪范
1985.3	同心集	九歌
1985.10	写给幸福	尔雅
1989.1	信物	圆神

1989. 3	写生者	大雁
1990. 7	我的家在高原上	圆神
1991. 5	江山有待	洪范
1994. 2	写生者	洪范
1996. 7	黄羊·玫瑰·飞鱼	尔雅
1997. 5	大雁之歌	皇冠
2002. 2	金色的马鞍	九歌
2003. 2	诺恩吉雅（我的蒙古文化笔记）	正中
2004. 1	我的家在高原上（新版）	圆神
2004. 9	人间烟火	九歌
2007. 3	2006 席慕蓉	尔雅
2008. 7	宁静的巨大	圆神
2013. 9	写给海日汗的 21 封信	圆神
2017. 7	我给记忆命名	尔雅

◇ **散文选**

1988. 3	在那遥远的地方	圆神
1997. 6	生命的滋味	上海文艺
1997. 6	意象的暗记	上海文艺
1997. 6	我的家在高原上	上海文艺
1999. 12	与美同行	上海文汇
2000	我的家在高原上（息立尔蒙文版） 蒙古国前卫	
2002. 6	胡马·胡马（蒙文版）	内蒙古人民
2002. 12	走马	上海文汇
2003. 9	槭树下的家	南海

2003.9	透明的哀伤	南海
2004.1	席慕蓉散文	内蒙古文化
2009.4	追寻梦土	作家
2009.4	蒙文课	作家
2010.2	席慕蓉精选集	九歌
2013.1	前尘·昨夜·此刻	长江文艺
2014.7	给我一个岛	长江文艺
2015.8	槭树下的家	长江文艺
2015.11	透明的哀伤	长江文艺

◇ 小　品

1983.7　三弦　尔雅

◇ 美术论著

1975.8　心灵的探索　自印
1982.12　雷射艺术导论　雷射推广协会

◇ 传　记

2004.11　彩墨·千山　马白水　雄狮

◇ 编　选

1990.7　远处的星光——蒙古现代诗选　圆神
2003.3　九十一年散文选　九歌

◇ 摄　影

2006.8　席慕蓉和她的内蒙古　上海文艺

附注：《三弦》与张晓风、爱亚合著。《同心集》与刘海北合著。《在那遥远的地方》摄影林东生。《我的家在高原上》摄影王行恭。《水与石的对话》与蒋勋合著，摄影安世中。《走马》摄影与白龙合作。《诺恩吉雅》摄影与白龙、护和、东哈达、孟和那顺合作。《我的家在高原上》（新版）摄影与林东生、王行恭、白龙、护和、毛传凯合作。

图书在版编目（CIP）数据

迷途诗册 / 席慕蓉著. -- 武汉：长江文艺出版社，2017.9
（席慕蓉诗集）
ISBN 978-7-5354-9541-9

Ⅰ. ①迷… Ⅱ. ①席… Ⅲ. ①诗集－中国－当代 Ⅳ. ①I227

中国版本图书馆 CIP 数据核字(2017)第 053178 号

版权所有©席慕蓉
本书经由圆神出版社授权长江文艺出版社出版简体中文版（纸本平装书）
湖北省版权局著作权合同登记 图字 17-2016-303 号

责任编辑：孙 琳 李 潇 方 莹 刘程程
特约策划：高 娟　　　　　　　　责任校对：陈 琪
封面设计：VIOLET　　　　　　　　责任印制：邱 莉 王光兴

出版：长江出版传媒　长江文艺出版社
地址：武汉市雄楚大街 268 号　　邮编：430070
发行：长江文艺出版社
电话：027—87679360
http://www.cjlap.com
印刷：湖北新华印务有限公司

开本：880 毫米×1230 毫米　1/32　　印张：5.5　插页：2 页
版次：2017 年 9 月第 1 版　　　　2017 年 9 月第 1 次印刷
行数：2816 行

定价：24.00 元

版权所有，盗版必究（举报电话：027—87679308　87679310）
（图书出现印装问题，本社负责调换）